叶わぬ想いをきみに紡ぐ

～非運命オメガバース～

YUZUKO NATUME

なつめ由寿子

CHOCOLAT BUNKO

ILLUSTRATION 緒川千世

CONTENTS

1

雨の向こうにその姿が見えた瞬間、体が勝手に動いていた。

ずっと会いたくて、だけどもう二度と会わないと決めていた相手——京介（きょうすけ）がそこにいるのだと思ったら、いてもたってもいられなかった。

昼下がりの公園。先程降り出した雨が落ちる緑道の水たまりを蹴って、京介のいる東屋（あずまや）まで全力疾走。反対方向を見ていた京介はこちらに気付かず、今にも東屋から走り出そうとしている。

「京ちゃん……！」

無我夢中（むがむちゅう）で走って、声に振り返った京介と目が合ったのは一瞬。勢い余って冬馬（とうま）は京介に飛びつくように東屋に突っ込んでいった。咄嗟（とっさ）に冬馬を受け止めた京介がたたらを踏み、壁に激突するすんでのところでなんとか踏みとどまる。京介をすっぽりと抱きしめる形になった数秒後、腕の中からぽかんとこちらを見上げる瞳と視線がかち合う。

「な、え……、と、冬馬……？」

「京ちゃん。久しぶり」

「ひさしぶり……って、いや、そうじゃなくて！　えっ、なんで、冬馬がここに」

「京ちゃんが見えて、走ってきた」

「いや、ちげえ、そういうことじゃなくて……、ええ？　本物の冬馬か？」

「そう、本物の芹沢冬馬。怪我ない？　突っ込んでごめん。でも、さすが警察官。咄嗟に俺のこと受け止めてくれた」

「そりゃあ、そうするしかなかったから……」

京介は冬馬の顔を凝視して何か言いかけたあと、数秒固まって「マジか」と呟いた。そしておもむろに両手を伸ばして冬馬の顔を掴み、ぺたぺたと頬や髪や額に触れていく。

「きょ、京ちゃん？」

「……本当に、冬馬だ。夢じゃねえんだな？　これ」

ひとり言のように呟き、冬馬がそれに応える前にまた髪をくしゃくしゃに掻き混ぜられる。ひとしきり撫でたあと、京介はもう一度冬馬の顔をじっと見てから太陽のように笑った。

「なんだよ冬馬、お前……っ、うわあ、マジか！　冬馬じゃねえかよ！　突然何事かと思ったら冬馬がいて……、ダメだ、言葉になんねえ。すげえびっくりした！」

再会を心から喜ぶ姿に、冬馬の胸がじんと熱くなる。こんなにも全身で嬉しいと言ってくれるなんて思ってもみなくて、なんだか少し泣きそうだ。触れた手の平の温度や、密着した体の感触。京介の存在を感じることでこんなにも心が揺さぶられるのは、自分でも予想外のことだった。

「全然変わってねえなあ、冬馬。いや、身長伸びたか？」

「え、そんなことないと思うけど……、どうかな」

「伸びてるだろ、確実に。男前なのも変わってねえし、これ以上スペック高くなってどうすんだよ」

京介こそ、あの頃と少しも変わっていない。見た目は幼さが消えて大人の顔になったけれど、笑うと覗く小さな犬歯や、ほんの少しだけ頬にできるえくぼは当時のままだ。茶褐色の細い髪も、同じ色の意思の強い瞳も、こうやって何をしても笑って許してくれるところも、全部が冬馬の記憶に鮮やかに残る、宮城京介そのものだ。

懐かしさと熱い感情に、冬馬は密かに胸がいっぱいになる。京介との再会は、高校を卒業して以来だった。今までずっと会いたくて、けれど会わないようにしていた。

「それより冬馬、お前よく見たらびしょ濡れじゃねえか」

「ああ、うん。傘持ってなくて」

「確かに突然降ってきたけど、派手にやられたな。タオル持ってるから使えよ」

冬馬の腕から逃れた京介が、ボディバッグからタオルを引っ張り出す。離れてしまった体温を名残惜しく思うのは、久しぶりに会ったからというだけじゃない。

「でも、すげえ偶然だな。俺は家が近所だからこの公園でよく走ってんだけど、冬馬と会うのは初めてだよな。ほら、タオル」

差し出されたタオルではなく、手首を掴むと京介が驚いて不思議そうに見上げてくる。

冬馬は小さく首を横に振って、京介を見つめた。

「――偶然じゃ、ない」

「え？　どういうことだ？」

「京ちゃんのこと、捜してたんだ。どうしても、会いたくて」

顔を見て、確認したいことがあった。話したいことや聞きたいこともたくさんあった。だけど、いざ京介を前にしたら、そのすべてが吹っ飛んでしまった。もどかしい思いが喉まできているのに、どう言葉にすればいいのかわからない。どんな風に言えば、伝わるだろう。ぐるぐると回ってようやく出てきたのは、何よりも気になっていたことだった。

「…………、元気だった……？」

「へ？　あ、ああ。元気だぜ。冬馬も元気でやってたか？」

「いや、俺のことはいいんだ。そうじゃなくて、京ちゃんが……、ちゃんと元気でいたのか、大丈夫なのか、聞きたくて」

「……え？」

「悲しい顔してないか、心配で……ああ、くそ、違う。そうじゃない違うんだ。俺が言いたいのは……」

胸が苦しくて、言葉に詰まる。言いたいのは、そういうことじゃない。

会わないと決めた京介に、会いに来ずにいられなかった理由はひとつだ。

京介が顔を覗き込んできて、その時初めて自分が酷く情けない顔をしているだろうことに気が付いた。見上げてくる京介の瞳は静かで、感情の読めない色をしていた。

「……そっか、知ってんだな。冬馬」

寂しげに笑った顔は、今まで見たことのない表情だった。まぶたを伏せて、らしくもない小さな声で京介が呟く。

「――直哉(なおや)さんが……俺の番(つがい)が、亡くなったこと」

何も言えなくて、京介の手首を掴む手に力が入った。

東屋の屋根を打つ雨の音が、やけに大きく聞こえる。濡れた肌に空気は冷たく感じるのに、京介に触れているところだけが熱い。会って、京介の様子を知って、その先どうするかは考えていなかった。だけど、もしも人生の伴侶(はんりょ)を失った京介が一人で寂しい思いをしているのなら、放っておけるわけがなかった。冬馬が京介の前から姿を消したのは、京介の幸せを願ったからだ。

不意に京介が顔を上げ、優しい笑みを浮かべる。痛いくらいに掴んでいた手をやんわりと解き、冬馬の濡れた頭にタオルをかぶせる。

「それで、俺に会いに来たのか？　俺が泣いてんじゃねえかと思って」

「……………」

「バカだな、冬馬。やっぱお前、変わってねえなあ。ありがとな」

タオル越しにぽんぽんと優しく頭を叩かれて、小さく首を横に振ることしかできなかった。お礼を言われるようなことはしていない。会いに来たのは冬馬自身のエゴでしかないのだ。京介には、絶対に言えないけれど。

「俺ならこの通り大丈夫だ。もうすぐ半年経つしな。めそめそすんのは性に合わねえ」

「……もっと、早く来れたらよかった。ごめん、知らなくて」

「バカ謝るな、そういう意味じゃねえよ。ずっと海外行ってたんだから、知らなくて当然だろ」

冬馬が京介の番の死を知ったのは、二日前。高校時代にお世話になった図書室の司書の先生と偶然に会い、京介の話が出た時に聞かされた。

にわかには信じられず、ひたすらに動揺して頭の中が真っ白になった。真っ先に思ったのは、京介が今どんな気持ちでいるのかということ。大切な人を失い、一人になった京介が傷付いていることを想像したら、たまらない気持ちになった。

京介が先生に会うたびに冬馬から連絡はないかと必ず聞いていたということも、冬馬を突き動かすには充分だった。京介の中にまだ自分の存在があることを知り、湧き上がった気持ちを言い表すことはできない。

いてもたってもいられず京介の所在を先生に訊ねると、冬馬の勢いに圧倒されながらも京介から届いた喪中はがきの住所でいいなら、と言ってくれた。連絡先を交換し、京介の住所が送られてきたのが昨日の夜。朝一で急ぎの仕事を終わらせ、京介の自宅へ向かうため公園を通り抜けている途中、ほとんど奇跡のように京介を見つけて夢中で走ったのが今だ。

「それはそうと、冬馬。お前いつ帰国したんだよ。直哉さんのことがなかったら俺のことスルーするつもりだったのか？　連絡くらいくれよ、寂しいだろうが」

「……え？」

「えって、なんだよ」

「……京ちゃん、寂しかった？　俺がいなくて」

「当たり前だろ。何も言わずに連絡取れなくなった時はショックだったし、散々心配したんだぞ。まあ、冬馬らしいっちゃ冬馬らしいとも思ったけど」

「そっか……」

言葉にされて初めて気付いたけれど、自分がいなくなったことで京介が寂しいと感じた瞬間があったことが嬉しかった。だけど、考えてみれば当然かもしれない。京介は友達だった。冬馬にとって初めての、そして唯一の友達だったのだ。

京介には冬馬以外にもたくさんの友達がいたし、高校の三年間だけを一緒に過ごした自分がいなくなっても、なんてことないと思っていた。男らしく潔い性格だから、なおさら。あの時は自分のことでいっぱいいっぱいで、周りがちっとも見えていなかったせいもあるけれど。

「でもまた、冬馬に会えて良かった。もしかして、もう一生会えないんじゃねえかって思ってたからな」

本当は二度と会わないつもりだった後ろめたさに、ずきりと良心が痛む。どう返していいか迷い、返事の代わりに飛び出たのは大きなくしゃみだった。ずびっと鼻をすすり、ごめんと謝ると京介は盛大に眉をひそめて冬馬を見た。

「風邪ひいたんじゃねえか？　こんなに濡れたんだから無理もねえな」

「大丈夫。大したことないから」

「俺の家、良かったら来いよ」

「──え？」

「近所だって言ったろ。雨も当分止みそうにねえし、このままじゃ本格的に風邪ひいちまう。それにせっかく会えたんだし、ここで別れるのも味気ねえだろ。な」

言うなり京介は冬馬の手を取り、雨の中へ飛び出した。しっかりと握られた感触に思わず困惑したけれど、振り解くという選択肢はなかった。再会してまだほんの数分。それだけで、もうこんなにも離れ難くなっている。

京介の住む家は、公園を出て五分ほどの場所にある、煉瓦色が特徴的な五階建てのマンションだった。広いエントランスを抜けて最上階の部屋に着いてすぐ、まずは風呂へ入ろうということになった。お互いに順番を譲り合って押し問答した末に冬馬が先に入ることになり、手早くシャワーを浴びて風呂場を出た。マンションまでの道のりで京介もだいぶ濡れてしまったので、早く交替しなければ風邪をひかせてしまう。

廊下の先、リビングの扉をそっと開けて中の様子を見た時に、冬馬は思わず動きを止めた。ソファに座っている京介が、何故か知らない人のように映ったのだ。ソファに背を預け、少し俯いてぼんやりと座っている横顔。その瞳からは、一切の感情が消え失せている。

けれどそれは一瞬のことで、こちらに気付いて振り返った京介は、冬馬のよく知る表情に戻っていた。その変化に、冬馬は内心で面食らう。

「早かったな。ちゃんとあったまったか」

「……うん。京ちゃんも風邪ひかないうちに」

「ああ、そうする。コーヒー淹れておいたから、部屋で適当にやっててくれ」

「わかった。ありがとう」

京介の後ろ姿を見送り、入れ替わりでリビングに入ると、ローテーブルに蓋のついたマグカップが置かれているのが見えた。とりあえずソファに腰を下ろし、考えたのは先程の京介の横顔だ。見間違えかもしれないし、光の関係でたまたまそう見えただけかもしれない。だけど、そうじゃなかったら。

もし、あの表情が京介の心情を表していたのだとしても、無理もない話だ。京介は一生を共にすると誓った相手を喪った。いくら京介が強くても、何も感じていないわけがない。

ソファに深く沈み込んで、冬馬は途方に暮れる。衝動的に会いに来たはいいものの、どうすればいいかわからず無力な自分を思い知る。十年間も会っていなかった身で、京介のためにできることはきっと少ない。

外は相変わらず雨が降り続いており、昼間だというのに薄暗い。改めて部屋を見渡し、京介の家に来たのが高校時代も含めて初めてだということに気付く。ソファに脱ぎっぱなしの服が置いてあるものの、部屋は綺麗に片付いている。基本的に几帳面なくせに、雑な一面もあるところがいかにも京介らしい。

コーヒーを飲み干し、手持ち無沙汰にベランダのある大きな窓の前まで進んだ時、ふと甘く濃厚な花の香りが鼻を掠めた。匂いの元は窓際のラックの上にある、白い花瓶に生けられた百合の花だ。部屋に入ってきた時は、観葉植物の陰に隠れて見えなかった。そこに一緒に置かれたものを目にして、冬馬は思わず息を呑んだ。

ラックの上には、黒い木枠のフレームの中で穏やかに笑う男性の写真と、男性がかけているものと同じ眼鏡が置いてあった。

それは、間違えようもなく京介の伴侶だった「直哉」だった。

高校時代、一度だけ見たその姿。すらりと細く背の高い男で、眼鏡の奥で光る切れ長のグレーがかった瞳が印象的だった。

考えないようにしていたけれど、ここは京介と直哉が共に暮らしていた場所なのだろう。一人で住むには広すぎる間取りに、京介の趣味とは違う色味のインテリア。直哉の気配が色濃く残る空間で、京介は生きている。

みぞおちの辺りがずきんと痛み、目が離せなくなってしまう。ずっと、羨ましくて妬ましくてたまらなかった相手。京介を置いて逝ってしまった、京介の大切な人。

「冬馬、お前脱衣所にスマホ忘れてんぞ」

急に声をかけられて、びくりと肩が跳ねた。振り返るとそこには京介がいて、髪を拭きながらリビングへ入ってきたところだった。立ち尽くしている冬馬が見たものを察して、京介はああ、と笑う。

「そういや、冬馬は直哉さんに会ったことなかったよな」

言いながら京介は部屋の照明をつけ、明るくなった部屋で写真の直哉の顔がはっきりと浮かび上がった。こちらへ進んできた京介からスマホを受け取る手が、少しだけ震える。

直哉と冬馬が会ったことがあるのを、京介は知らない。けれどそれは、会ったという表現も怪しいくらいにほんの僅(わず)かな接触だった。だから、京介に言う必要はないと記憶の底に封じ込めていた。

「……優しそうな人だね」

「ああ、優しい人だった。ちっと研究バカだったけどな」

「バース性の、研究者だったんだっけ」

高校時代、直哉は京介よりも一回り年上のバース性の研究者だと聞いたことがあった。

バース性とは男性と女性のほかに人が持って生まれる第二の性別で、アルファ、オメガ、ベータの三種類に分類されるものだ。バース性にはそれぞれの特徴があり、解明されていないことが多い。専門の研究所が世界中にある中で、直哉は国から正式に認可されている研究所の職員だったはずだ。

「そうだ。よく覚えてたな。持病の心臓発作で倒れたんだけど、その時も研究室にいて、ある意味本望(ほんもう)だったんじゃねえかって思うよ」

「そうなんだ……」

十年前、高校生の冬馬には大人であり権威のある研究者の直哉は、雲の上のような存在に思えていた。自分が京介にいくら懸想(けそう)しても、絶対に敵(かな)わない相手。そんな現実を突きつけられるようで、直哉のことはなるべく聞かないようにしていた。だから、冬馬が直哉について知っているのは、バース性の研究者であることと、二人が幼い頃からの許婚だったということだけだ。

以前の自分は直哉の存在を受け入れられず、意図的に見ないようにしていた。だけど今は、直哉の凪の海のような笑みを見て、憐憫とも羨望ともつかない複雑な感情が溢れてくる。それから、どうして京介を一人にしてしまったのかという、自分勝手な怒りも少しだけ。

「自由に生きるって、なんなんだろうな」

「え?」

呟いた言葉を聞き取れずに聞き返すと、京介はなんでもない、と首を横に振った。

「――なんか湿っぽくなっちまったな。悪い。あ、そういえば冬馬」

「え?」

「これ、すっげえ面白かった。一番新しく出たやつ」

ラックの下段から京介が取り出したのは、冬馬の自著である小説本だった。三ヶ月前に出版された最新刊で、書き下ろしの長編小説だ。ラックに差してあったことにまったく気付かず、驚いた冬馬は京介と本を交互に見つめた。

「え、読んでくれたんだ」

「当然。俺は芹沢冬馬先生のファン一号だからな」

よく見れば、ラックの下段には冬馬の出版した本がずらりと並んでいた。刊行された本は、ほぼ全部揃っているのではないだろうか。京介が自分の小説を読んでくれていたことが嬉しくて、何も言えなくなってしまう。

冬馬が小説家になれたのは、他ならない京介のおかげだった。高校時代に趣味で書いていた小説を、面白いと目を輝かせて読んでくれた。それが嬉しくてもっと喜んで欲しくて、書き続けられたようなものだったから。

「……ありがとう。すごく嬉しい」

「冬馬の小説、やっぱ面白れえ。小説家になっただけじゃなく、こんなに大人気になっちまうんだもんな。本当にすげえよ、冬馬は」

全部、京介のおかげだと言ったら驚くだろうか。言葉にしたことはなかったけれど、あの頃、冬馬は京介のためだけに小説を書いていた。もともと小説を書くことは好きだったけれど、京介という読者ができたことで、どうすればもっと面白くなるのか、どう表現すれば伝わるのかを試行錯誤（しこうさくご）するようになった。それがなければ、きっと趣味のままで終わっていた。

「違う。すごいのは、京ちゃんのほうだ。俺は、京ちゃんが警察官になる夢に向かって頑張ってるのを見てたから、奮起（ふんき）できたんだよ」

京介は驚いたように目を瞠り、それからゆっくりと視線を下げた。そして本をラックに戻し、寂しげな笑みを口元に浮かべた。

「冬馬、あのな。さっき公園でも俺のこと警察官って言ったけど、もう違うんだ」

「え……？」

京介の言葉が信じられず、耳を疑う。小さな頃から警察官になるのが夢だった京介は、在学中に試験をクリアし卒業前に採用が決まっていた。春から警察学校へ入学するのだと笑った京介が、今も警察官であると信じて疑いもしなかった。

「直哉さんの葬儀が終わってすぐ、辞めたんだ。だから、今は無職」

「ど、どうして……」

困惑の中、冬馬はハッと思い出す。高校時代に京介が人の何倍も努力していた理由を。そして、京介が今警察官ではないと言ったわけを同時に悟った。

「……オメガ、だから……？」

冬馬の言葉に、京介は何も答えなかった。すぐさま口に出したことを後悔し、内心で動揺した。

京介のバース性は、オメガだった。

希少な存在であるオメガの最大の特徴は、繁殖に特化していること。季節ごとにヒートと呼ばれる発情期が訪れ、その間オメガは生殖行為を求めることしかできなくなる。期間中に分泌されるフェロモンは、アルファや一部のベータを強制的に発情させてしまう作用を持っていた。

この特性のせいで、オメガに対する差別意識は強く、社会的地位も低かった。実際にオメガとアルファのフェロモンによる事故やトラブルは定期的に起こっており、世間は誘う側のオメガを悪者と捉える風潮が強い。

そんなオメガが唯一社会で認められる方法、それがアルファと番になることだった。番と呼ばれる伴侶になったアルファとオメガは、お互いのフェロモンにしか反応しなくなり、不特定多数を誘うことがなくなる。オメガが社会進出するには、番の存在が必要不可欠なのだ。

京介が警察の採用試験に臨めたのも、直哉という番となる相手が決まっていたからだった。卒業の直前に初めての発情期を迎え、無事に番となり本採用となった。

番を失い、フェロモンが他者に影響するようになった今、京介が警察官でい続けることは難しいのだろう。

直哉が亡くなったことを知った時に、そこまで考えの至らなかった自分が情けなかった。京介に会うことを考えるだけで、頭がいっぱいだった。オメガには難しいとされる警察官になるために、京介がどれだけ努力してきたかを隣でずっと見ていたのに。

「もともとオメガの俺が採用されたのが奇跡みてえなもんだったし、迷惑はかけられねえからな。仕方のねえことだって、納得してる」

「……京ちゃん」

「悪いな、こんな話して。冬馬がそんな顔することねえんだ。俺なら大丈夫だから」

――大丈夫なんて、嘘だ。

もし本当にそうなら、そんな顔で笑うわけがない。納得なんて、絶対にしていない。京介が無理して笑う顔を、初めて見た。

「それよりも今は、職探しに手こずってんだよな。全然決まんねえの。でもまあ、なんとかなると思ってる。早く無職脱却してえよ」

なんでもないように言う京介にかける言葉が見つからず、冬馬は押し黙る。たぶん、京介の再就職は難しい。そして、京介もそれを理解しているはずだ。

一度番を得たオメガはそれ以降、誰とも番うことができない。オメガにとって番になるということは、一生で一度だけの重大な出来事なのだ。

何度でも別のオメガと番関係になれるアルファとは違い、番を失ったオメガの不遇や生き辛さは想像を絶するものがある。冬馬が京介のもとに駆けつけたのも、京介の身をあらゆる意味で案じたからだ。フェロモンが不特定多数に効くようになったことで起こるトラブルなんて、考えただけでも吐き気がする。

「京ちゃん、俺が――」

湧き起こる衝動に任せて口を開きかけたその時、静かな部屋に着信音が鳴り響いた。鳴っているのは、手に持っていた冬馬のスマートフォン。急に現実に引き戻され、我に返る。今、自分は何を口走ろうとしたのか。

困惑していると、京介が不思議そうに顔を覗き込んでくる。

「冬馬？　出なくていいのか？」

「……あ、うん。そう、だね」

画面を見ると、そこには今手がけている小説の担当編集者の名前が表示されていた。そういえば今日、打ち合わせのために自宅を訪ねてくると言っていた。二日前に京介のことを聞いてから、すっかり頭から抜けていた。約束の時間は、とっくに過ぎてしまっている。電話に出ると、案の定編集者は冬馬の自宅前で困っていた。渡さなければいけない原稿もあるため、すぐに戻る必要があった。

「京ちゃん、ごめん。俺、帰らなきゃ」

「そっか。まだ雨酷いから、俺の傘持ってけ。あ、あと髪ちゃんと乾かしてからな」

「うん。……ありがとう」

まだ話したいことがたくさんあったのに、今の動揺した気持ちのままでは向き合うことができそうもなく、内心ほっとしてしまった。何より、何の考えも心構えもなく京介のもとへ来た自分の浅はかさが情けなくてたまらなかった。京介のことになると自分を抑えられなくなる癖は、十年経っても変わっていないらしい。

後ろ髪を引かれながら身支度を済ませ、冬馬は逡巡する。思考も気持ちもぐちゃぐちゃで考えは一向にまとまらないけれど、このまま別れることだけはしてはいけない気がする。

玄関先で湿ったコンフォートサンダルに足を突っ込み、見送ってくれている京介を振り返る。じっと見つめると、京介は自身の不遇なんておくびにも出さずにいつもの表情で笑った。

「どうした冬馬。傘返さなくていいからな。ビニ傘、出先で買うから余って……」

「――いや、返す。ちゃんと返すよ。返しに来る」

「そ、そうか？」

「服も借りちゃったし、また来る。……いいかな？」

冬馬の圧に押された京介が、目をぱちくりと瞬かせてから「わかった、待ってる」と頷く。そしてどこか嬉しそうに、笑ってくれる。

京介に手を伸ばしかけて、ぐっと堪える。小さく息を吐いて、冬馬も笑った。

「じゃあ、また」

「ああ、またな。冬馬」

帰り道、雨が傘に落ちる音を聞きながら漏れ出たのは深い溜め息だった。

京介と再会したことも、また会う約束をしたことにも、後悔はない。だけど、冬馬が悔いているのは、電話が鳴る直前に言いかけた言葉だ。京介に対して強く持った、守りたいという気持ち。その上で、冬馬は自分が全部なんとかする、という無責任なことを言いそうになった。

確かに京介を取り巻く状況は冬馬が想像していたよりもずっと困難で、どうにかしてやりたいと思った。けれど、十年ぶりに会った友人という立場で、その言葉はあまりにも軽薄で軽率だった。何よりも、これまでの人生を自らの手で切り開いてきて、今なお負けずに前を向いている京介に対してのその発言は、侮辱にも等しい。京介を養うくらい、今の自分にならできると一瞬でも考えてしまった傲慢さに嫌悪が込み上げる。京介はそんな風に手を差し伸べられても喜ばない。むしろ傷付き、憤りを覚えたはずだ。タイミングよく電話がかかってきてくれて助かった。言葉にしていたら、きっとまた来るなんてとても言えなかった。

友達として、京介にしてやれることは何があるだろう。困っている時に助けてあげたいと思うのは、友達だったら当然だ。だけど、冬馬にとって京介は出会った頃からずっと友達以上の存在だったから、どこまで踏み込んでいいのか距離感がよくわからない。

行き場のないもやもやとした思いを持て余しながら歩いていると、ポケットのスマートフォンが鳴り出した。着信の相手は先程の編集者で、近くのカフェに移動してそこで待っているとの連絡だった。申し訳ないと思うのに、また京介のことで頭がいっぱいになっていた。ひとつのことに夢中になると、他事が手につかなくなるのは冬馬の昔からの性格だった。

　そしてふと思い出したのは、編集者との何気ない会話。冬馬は小説の執筆中、日常生活が疎かになりろくに食事を摂ることも忘れて書くことに集中してしまう。部屋も荒れ放題になってしまうのを見兼ねて、家政婦や家事代行業者を雇ったらどうかと言われたことがあるのだ。

「それだ……！」

　思い立ったら足が勝手に京介のマンションに向かって走り出していた。元来た道を辿り、エントランスから階段を一気に駆け上がり、京介の部屋のインターホンを押す。息を切らして戻ってきた冬馬を、京介は驚きながら出迎えた。

「どうした。忘れ物でもしたか？」

「京ちゃんに、お願いがあるんだけど」

「お願い？　いや、それより冬馬、また濡れちまってお前。とりあえず落ち着け」

　雨を払ってくれている京介の肩を掴み、整わない呼吸のまま一歩踏み出す。必死なのは、百も承知だ。

「――俺の、家政夫やってくれないかな」

　京介が目をまるくして冬馬を見上げ、それを緊張しながら受け止める。突然の申し出で、

意味がわからないのも当然だろう。でも、友達としてできることで、京介の傍にいる理由として、これ以上のことはないと思った。

「か、家政夫?」

「もちろん、ずっとってことじゃなくて、京ちゃんの就職先が決まるまででいい。ちゃんとお給料は払うし、最低限のことやってくれるだけでいいし、時間も京ちゃんの都合のいい時で構わない。ちょうど家のことしてくれる人探そうと思ってたところだったから、京ちゃんが良かったらって、思って」

苦しい言い訳に聞こえているかもしれない。だけど、冬馬が家事をしてくれる人が必要なのは本当の話だから、何もおかしなことはないはずだ。

「葬儀のあとすぐに辞めたってことは、もう何ヶ月も前だよね。就職に関しては力にはなれそうもないけど、とりあえずの収入にはなると思うんだ。俺も、知らない人が家に入るの抵抗あって躊躇してたんだけど、京ちゃんなら良いっていうか、むしろ大歓迎だし……、だからもしやってくれるなら、相場の二倍は出す。でも、なんていうか、本当に京ちゃんが嫌じゃなければって話で。家事が無理なら、時々食糧買ってきてくれたり、俺が餓死しないように見張っててくれるだけでもいいんだ。俺、小説に夢中になると何もできなくなっちゃうのが地味に困ってて、だから」

思いついた言葉を怒涛のように並べて、だんだんと不安になってくる。京介は気を悪くしないだろうか。警察官だった相手に家政夫を頼むなんて、前代未聞だろう。きっと京介も、転職先の選択肢として家政夫なんて露ほども考えていなかったはずだ。言葉を並べるほど自分がとんでもなく失礼なことをしている気がして、握り込んだ手の中に汗が滲んだ。だけど、もう後には引けない。

「無理にとは言わない。……どうかな」

冬馬に圧倒され、ぽかんと話を聞いていた京介が固まっている。その顔があまりにも近くにあることに気付き、冬馬は慌てて距離を取った。夢中になって京介を抱き込むように迫っていることに気が付かなかった。

「ご、ごめん、京ちゃん」

「――冬馬お前、それを言うために走って戻ってきたのか？　この雨の中を、またびしょびしょになって？」

「え？　……うん」

頷くと、数秒のあとに京介が盛大に噴き出したので驚いた。笑い出した京介の何がツボに入ったのかわからずに困ったけれど、その笑顔が高校の頃を彷彿とさせるものだったので思わず見惚れてしまう。こんな風に、顔をくしゃくしゃにして全身で笑う京介が好きだった。嬉しい時も怒った時も、感情を光みたいに発する京介に憧れ、焦がれていた。

「京ちゃん……？」

「ふははっ、悪い。冬馬が本当に変わってねえんだなって思ったら、嬉しくて。冬馬といると退屈しねえってこと、しみじみ思い出した」

「……それって、褒めてる？」

「褒めてるよ。突拍子ねえとこも優しいとこも、冬馬のいいところだろ」

どうにも釈然としないけれど、京介が笑っているならなんでもいい。再会して初めて、京介の素の顔が見られたような気がするから。思い切り抱きしめたくなるのを堪えるのが少し大変なくらいに、京介を愛おしく感じた。

「家政夫の件だけど、俺、料理できないけどいいのか」

「えっ、いい、全然大丈夫！　買ってきてくれるだけでいいし、カップ麺作ってくれるだけでもいい」

「ははっ、それはダメだろ、さすがに。料理の練習しねえとな」

「……それは、引き受けてくれるってこと？」

「ああ、冬馬がそう言ってくれんなら。でも本当に最低限の家事しかできねえし、次の就職決まるまでな。それでもいいか？」

「いいに決まってる！　ありがとう京ちゃん！」

また抱きしめそうになった両腕を必死に抑えて、京介の手を握るだけに止める。こんなにあっさり決めてくれるとは思わなかったので驚きだが、これでまた京介との繋がりができたことに喜びを隠しきれない。京介のためを思っての提案だったのに本当は京介の傍にいたいという下心がほとんどだったことを思い知る。握った手を離したくないのが何よりの証拠だ。

「それより冬馬。お前、人を待たせてたんじゃなかったのか」

「あ。そうだった……」

「急ぐならタクシー呼ぶぞ。それからタオル持ってけ」

「ご、ごめん、助かるよ」

また現実に引き戻されて、悪い癖が出てしまったことを反省する。だけど、今回ばかりは衝動のままに行動して良かったとしか思えない。この先どうするべきかは、これから考えればいいことだ。

「じゃあ、今度改めて連絡するから、よろしくお願いします」

「おう、家政夫業の勉強しとくな」

慌ただしく京介と別れ、一人になって思ったのは、京介を想う気持ちが色褪せていなかったということ。高校を卒業してから離れている間は考えずにいられたし、忘れることができていた。そう思っていたのに、いざ京介を目の前にして呼び覚まされた感情は時間の中に埋もれていただけで、色鮮やかなままだった。

京介は、冬馬にこんな下心があることを知ったらがっかりするだろうか。友達だと思っていた相手に、こんな欲望を持たれていることをどう思うだろう。高校時代に何度も自分に投げかけた問い。今また考えることになるなんて、思いもしなかった。

拒絶されることを考えると心臓が凍り付く心地がするけれど、それでももう引き返すことはできなかった。今、できることをする。番を失った京介が生きていくために、必要な手助けをするのが最優先だ。

2

自分が窮屈(きゅうくつ)な思いをして生きていたことを知ったのは、高校に入学してからだった。

冬馬の家は曽祖父(そうそふ)の代から旅館やホテル業を営んできた一族で、アルファの多い家系だった。長男でありアルファ性として生まれた冬馬は当然のように後継者として育てられ、冬馬自身もそうなるものと思っていた。

特に父親は冬馬に厳しく、子供の頃はその期待に応えることが存在意義になっていたように思う。成績は常にトップであることはもちろん、語学やピアノ、水泳といったあらゆる分野での一番を求められ、幸いなんでも器用にこなすことができた冬馬は家族の期待を一身に背負っていた。

子供にしては多忙な日々を送っていた冬馬に友達はおらず、けれどそれを気にしたことはなかった。同級生とは話題が合わなかったし、会話がいまいち嚙み合わないと感じることが多かったのだ。自分の思考が人よりも複雑で、それを上手く言語化することができていないせいだと気付いたのはずっと後で、何を考えているのかわからないだとか、不思議ちゃんとよく揶揄(やゆ)されていた。

そして周囲の評判通り、冬馬は少し変わった子供でもあった。本を読むことが何よりも好きで、放っておけば寝食を忘れて物語に没頭したり、空想に耽るうちに夜を明かしたり、現実の世界よりも自分の世界に目を向けることが好きだった。

父は冬馬のこの癖を厄介に思っていたが、やるべきことをこなしていたおかげで強く言われることはなかった。穏やかに笑って大抵のことをやり過ごし深く人と関わることを避けながら生きる術は、一人の時間を守るために身に付けたようなものだった。一人で過ごすことは、元来おおらかで競争を好まない冬馬の唯一の癒しだったのだ。

進学を決めた高校も都内のトップクラスの進学校で、冬馬に決定権はなかった。だけど、この高校に入学したことは冬馬にとって大きなターニングポイントであり、唯一父に感謝していることだった。

出会ったのは、よく晴れた日の放課後。人の気配もまばらな図書室で、冬馬は京介に出会った。

校舎の端に位置する図書室は静かで、生徒があまり利用していないことに気が付いたのは入学して二週間ほどが経った頃だ。二年前に学校の近くに大きな図書館ができて、生徒のほとんどがそちらへ行ってしまうらしいのだ。それは冬馬にとって好都合で、学校での良い居場所を見つけたと思った。

図書室は古くて少し埃っぽかったけれど、広さと蔵書の品揃えは充分過ぎるほどで、さすが伝統ある進学校だと冬馬は感嘆した。一度利用してからすっかり気に入ってしまい、放課後は図書室へ通うことに決めたのだった。

その日、冬馬は図書室にノートパソコンを持ち込んで趣味である小説を書いていた。執筆は楽しくもあり難しくもあり、何より自由だった。二ヶ月前から書いていた作品がもう少しで完成しそうという時に司書の先生から手伝いを頼まれて、冬馬は周囲に人がいないことを確認してそのまま席を立った。

時間にして約三十分。思ったよりも時間を取られてしまったなあ、なんて呑気に戻ってきた冬馬が見たのは、開きっぱなしだったノートパソコンを誰かが熱心に覗いている姿だった。今まで誰にも小説を読ませたことはなく、冬馬だけの世界を見られてしまった動揺は大きかった。

「……見るな！」

反射的に走り出したものの、慌てたせいで足がもつれ、冬馬はそのままパソコンを覗いていた人物めがけて転んでしまった。抱きつくようにして倒れ込み、床に椅子ごと転がって大きな音が図書室に響く。知らない人に伸し掛かった格好になり、けれどその瞬間に鼻を掠めた匂いに思わず起き上がろうとした動きを止めた。

初めて嗅いだ、お日様をたっぷり浴びた干し草のような、焼きたてのクッキーのような、少しだけ甘くて優しい香り。心地良いという表現がぴったりの匂いに、冬馬は今の状況を忘れた。

「いってぇ……」

耳元で聞こえた声に我に返り、勢いよく上半身を起こすと、下敷きにしてしまった男子生徒が痛みに顔を顰めて呻いていた。転がった時に背中や頭を打ってしまったのだろう。冬馬は慌てて男子生徒の上から体をどけた。

「ご、ごめん。怪我は？」

「いや、平気。大丈夫だ」

ゆっくりと起き上がった男子生徒の顔を見て、冬馬はまたもや驚いた。その潤んだ瞳からぽろりと一粒、涙が頬を伝ったのだ。

「えっ、泣い……、え？　やっぱどっか怪我して……？」

きょとんとした視線を冬馬に向け、男子生徒はなんでもないように涙をぐいと拭った。そしてパソコンと冬馬を交互に見て、その瞳を輝かせる。

「なあ、アレ。お前が書いたのか？」

「——え？　う、うん」

「すっげえ、面白かった！　思わず泣いちまった」

掛けられた言葉が意外過ぎて、冬馬は面食らった。派手に押し倒して二人して転がったというのに、まさか小説のことを出し抜けに言われるなんて思わず、上手く反応すること

ができない。今、この男は冬馬の書いた小説を面白いと言った。

「う、そだ」

「え？　嘘なんか言わねえよ。なんでそう思うんだよ」

「だって、これは、ただの趣味で……、面白いとか、そんな」

冬馬の小説は、誰かに読ませる前提のものではなかった。だから客観的に見るとわかり辛い箇所が多く、自己満足に過ぎないと思っていた。それを面白いと感じる人がいることが、信じられない。

「読み辛いとこもあったけどさ、でもすっげえ深くてちょっと読んだだけなのに引き込まれた。面白かったよ本当に」

呆然としている冬馬に男子生徒は次々と好きなところと感動した場面を詳しく話してくれた。

初めて他人に見せた、冬馬の心の内と言ってもいい小説。嬉しいよりも羞恥(しゅうち)が勝って頬に熱が集まり、体の奥底から湧き上がってくる叫び出したいような衝動が胸をいっぱいにした。図書室の床に座り込んだまま、冬馬は生まれて初めて感じる感情を戸惑いながら受け止めていた。

「なあ、続きはまだ書いてないんだよな？　これから書くのか？」

「そ、そのつもりだけど」

「じゃあ、良かったらでいいんだけど、書けたら俺にも読ませてくれねえかな？　めちゃくちゃ気になる。ホント面白かった。あっ、ていうか勝手に読んでごめんな！　通りがかりに画面見えて、読み始めたら止まんなくなっちまって」

屈託（くったく）のない言葉に、心を動かされないわけがなかった。ずっと一人きりで構築してきた世界を、初めて肯定してもらえたのだ。胸を満たす気持ちが、嬉しくてくすぐったくて仕方なかった。

「……わかった。じゃあ、書けたら」

「マジか！　ありがとう、楽しみにしてるな。俺、一年の宮城京介。よろしくな！」

「あ、俺は芹沢冬馬。同じく一年。よ、よろしく……」

差し出された手を握り返した時、どうしようもなく心臓が高鳴って仕方なかった。西日が差し始めた図書室で、その人懐っこい笑顔に目を奪われた時から、冬馬の世界は様変わりした。

京介は第一印象の通り、明るく素直な心根の持ち主だった。活発でよく笑い、大雑把（おおざっぱ）だけれど優しいあたたかな人。京介の周りには常に人がいて、クラスで当たり障りない態度で友達を作らずにいた冬馬とは正反対の人種だった。きっとあの図書室で出会わなければ、冬馬は京介を苦手な部類の人間だと避けていただろう。だけど、遅かれ早かれ好きになっていたはずだという確信も、どこかにあった。

京介がオメガだと知ったのは、出会いから約二ヶ月後のこと。

放課後の図書室で顔を合わせるようになり、少しずつ距離が縮まってきていた頃だった。京介は意外にも冬馬に負けない読書家で、本の趣味が似ていたことも手伝って話題に事欠かなかった。

そして京介は、冬馬の言葉足らずな話し方を自然に汲み取り、会話を繋げてくれる初めての相手だった。話の合う同級生、それが京介だったことが冬馬には特別に思えていた。初めての友達と呼べるような存在に、浮かれていたのだ。

とにかく京介のことが知りたくてたまらなかった。他人に興味を持ったのも初めてのことで、京介が今までどうやって生きてきたのか、何が好きでどんなことを感じているのかを知りたいと強く思った。緊張しながら聞いた冬馬とは対照的に、京介は躊躇うことなく自らのことを話してくれた。

他県からこの学校に進学してきたこと。今は親戚の家にお世話になっていること。そして、将来の夢は警察官になることを。

警察官という職業が京介にはぴったりに思えて、けれど小さな疑問を持った。この学校はいわゆる進学校で、難関大学を目指す者がほとんどだ。警察官を目指すのなら、わざわざ他県からこの学校に入学する必要はないように思えたのだ。京介は冬馬の考えていることがわかっているかのように続けた。

「俺はオメガだからな。就職も進学も不利だから、できるだけハイレベルな学校に入るに越したことはねえんだ」

飛び出したオメガの単語がすぐには理解できず、反応が遅れてしまった。

まさか京介がオメガだと、誰が思うだろう。頭の回転が速く、要領も良くて運動神経だって抜群で、なんでもそつなくこなす京介が一般的に弱者のイメージであるオメガだなんて想像もできない。固まってしまった冬馬に、京介は笑ってみせる。

「言ってなかったな、そういえば。別に隠してたわけじゃねえんだけど」

「そ、そうだったんだ……。全然気が付かなかった」

言われてみれば確かに京介は少し小柄で、オメガに多い小動物を連想させる黒目がちで少し幼い印象の顔立ちをしている。だけど、それは京介自身の個性だと信じて疑いもしなかった。冬馬の生きてきた環境にオメガがほとんどいなかったことも、気付けなかった要因かもしれない。

オメガであることを知り、京介の前向きで真剣な姿勢に対する尊敬の念はさらに強いものになった。生まれ持ったオメガ性を悲観せず、それを乗り越えて夢を叶えようとしている。それに比べて流されるままに生きてきた自分はどうだろう。将来の夢なんて、考えたこともなかった。

急に黙り込んだ冬馬を、京介は勘違いして受け取ったようだった。本を閉じて、少し寂しげな笑みを浮かべる。

「オメガって言ってもヒートはまだきてねえから安心してくれ。一応、予防薬は飲んでるし、ファーストヒートがきても、俺には番になる相手が決まってるからすぐ対処できるようになってんだ」

「え……」

思いがけないことを言われて、冬馬は絶句する。向かいに座る京介は、今とんでもないことをさらりと言わなかっただろうか。

番になる相手がもう決まっている――オメガ性だったこと以上に、それは冬馬の胸に響いた。

「極力迷惑はかけねえようにするけど、でもやっぱ、気になるよな。芹沢はアルファだろ。もし嫌なら、近付かないようにするし」

本に視線を落としている京介の声は淡々としていて、諦めというよりはすでに割り切った感情が滲んでいた。ここで頷いてしまえば、京介は本気で冬馬から離れていってしまうのだろう。それがわかってしまって、目の前が暗くなるような動揺を覚えた。たぶん京介は、今までそうやって生きてきたのだ。

「――ごめんな」

ぽつりと呟いた言葉を聞いた瞬間、冬馬は勢いよく立ち上がってその手を掴んでいた。

京介がオメガだったことも、番になる相手がすでにいたことも、冬馬にとって衝撃的な事実で困惑しかない。だけど、京介がオメガだから近付きたくないなんて、絶対に思ったりしない。そう誤解されてしまうことだけは、絶対に嫌だった。

驚きに目を見開いている京介にかける言葉を必死で探し、沈黙が流れる。けれど京介はそのまま、冬馬の手を振り解くことはしなかった。

「芹沢？」

「ごめん。でも、違うんだ。なんて言ったらいいか……、嫌とかは絶対になくて、迷惑とも思わない。だから、そんな風に謝らないで欲しい」

ようやく絞り出した声に、京介が小さく息を呑んだのがわかった。取り繕わずに自分の気持ちを吐き出すのは小さな頃以来で、上手く言葉にできない。

「……驚いたのは本当だけど、それは意外だったからってだけだ。それよりも俺は、宮城くんがちゃんと将来のこと考えて夢に向かって進んでるのを凄いと思ったんだ。それこそ、自分がちょっと恥ずかしくなるくらい。俺、夢とかそういうの、全然ないから」

知り合ってから二ヶ月、決して長いとは言えない時間の中で、京介に対して芽生えた感情は、性別なんかで左右されるような柔なものじゃない。真っ直ぐに凛と立つ姿に覚えたのは、焦がれるような憧憬。自分とは正反対の京介に憧れて、少しでもその光に触れたいと思っていた。

「誤解させて、ごめん。謝らせて、ごめん。俺、宮城くんが初めての友達で、だから……、よかったらこれからも俺と話して欲しいし、小説も読んで欲しい。君とこれからも、友達でいたい」

たどたどしい冬馬の言葉を受けて、太陽のように笑った京介の顔は今でも忘れられない。誤解が解けたことも京介との繋がりが消えなかったことも、何よりも京介が笑ってくれたことが本当に嬉しかった。

自分が失恋したことに気が付いたのは、それからまもなくのこと。

恋をしたことがなかった冬馬は、じわじわと時間をかけて京介に向ける感情の正体を理解していった。京介にすでに相手がいることを知った時にできた、ぽっかりと空いた胸の穴。それが痛んで心を掻き乱す理由を、冬馬は数多読んだ本の中で何度も見たことがあった。こんなにも痛く胸を抉るものだとは、知らなかったけれど。

紛れもなく恋をしていた。きっと、出会った瞬間から。

だからと言って、離れていきそうになった京介を引き留めたことを後悔することは絶対にない。京介が冬馬の小説を読んで、涙を流してくれたこと、好きだと言ってくれたことは、今も心に残る鮮烈な出来事だったのだ。

だからこそ、京介を知るにつれて育っていく想いは秘めるしかなかった。番になる相手、いわば許婚がいる京介に気持ちを言っても困らせるだけだとわかりきっていたし、京介の隣にいられる友達としてのポジションを失いたくなかった。

傍にいられるだけで充分だと自分に言い聞かせて過ごす毎日は少しだけ苦しかったが、それ以上に幸せだった。強くあたたかな京介の隣にいると、世界が彩られてどこまでも広がっていく、そんな気がしていた。

けれど、下心を持ち、時には後ろ暗い感情を持て余しながら傍にいることに罪悪感を覚えないわけではなかった。時間が経つにつれ、そして京介が純粋に友達として冬馬を慕ってくれているのを感じるたびに湧き上がる衝動は、行き場を失い時おり暴走しそうになった。

発情期を迎えていない京介は、誰かと番になったわけではない――まだ、チャンスがある。そんな考えが浮かんでしまう自分が、冬馬は恐ろしくて仕方なかった。

それは、発情期に乗じて京介を手籠めにしようとしているのと同義の考えなのだ。もしも一緒に居る時に京介が発情期を迎えたら、アルファの自分がオメガのフェロモンに抗えなかったとしてもおかしな話ではない。京介に酷いことをしたくないと思うのに、心の片隅に存在する凶暴で卑怯な欲望を捨てられず、良き友でいられない自分を嫌悪していた。

そんな自分を誤魔化すように、俺も早く番が欲しい、と漏らしては京介に「冬馬なら良い人が見つかる」と言われていた。優しい京介は、きっと本心でそう思ってくれていたに違いない。

そして、高校三年の卒業を控えた冬。

冬休み明けの通学路で、久しぶりに京介に会った瞬間にわかってしまった。京介が発情期を迎え、予定通りに許婚と番になったことを。

京介の纏う匂いや空気が、今までとは明らかに変わっていた。それは直感としか言いようがなかったし冬馬以外に気付いている人はいなかったけれど、放課後の図書室で京介の口からはっきりと聞いたことで、確実なものとなった。

抱き続けてきた酷い妄想が現実にならず、無事に京介が番を作ったことを喜んでいいのか、冬馬にはわからなかった。

京介が、誰かのものになってしまった。

その事実は自分が覚悟していたよりもずっと重く、足元が崩れ落ちるような感覚がした。こうなることはわかっていたのに、本当は覚悟なんかちっともできていなかったのだ。

　その時は無難に受け答えしたはずだけれど、おめでとうだけは口が裂けても言えなかった。悲しいだとか苦しいだとか、そんな感情は湧かず、ただひたすらに虚しかった。京介に許婚がいることを知った時よりもずっと大きくて深い穴が、胸に空いた気がした。

それからは受験を言い訳に京介を避ける日々が続いた。実際に大詰めの時期だったし、何かに集中していないと叫び出してしまいそうだったのだ。放課後の図書室には寄り付かなくなり、ろくに顔を合わせないままに時間は過ぎた。数少ない接点を断てば簡単に京介との繋がりが途切れてしまう事実すら、冬馬を打ちのめした。

冬馬にとって第二の転機が訪れたのは、名門大学の合格が決まった翌日。

半年前に応募した小説が、大賞を獲得したという連絡があった。応募したことすら忘れていた冬馬には実感がなく、すぐには信じられなかった。

京介のためだけに書くようになっていた小説。いつしか冬馬には欠かせないものになり、力試しのつもりで送ったものだった。それが大賞という形で認められるなんて夢にも思わず、現実だと理解すると全身が震えるような心地がした。

思えば自分の意志で何かを成し遂げたのは、初めてのことだった。誰かに言われるのではなく、自分で選び、勝ち取った。その時はっきりと自分のやりたいことが見えた気がして、目の前が広く開けた感覚がした。父の後を継ぐことは、もうできない。

高校を卒業してすぐ、日本を離れたのは衝動的なものだった。家族にも京介にも何も言わずに渡った先は、アメリカ。場所はどこでも良かった。とにかく遠くへ行きたかったのだ。

小説家になりたいと父を説得できる気がしなかったし、何よりも京介から物理的に離れたかった。

番を作った京介に対する想いは一向に収まらず、むしろ酷くなる一方で、このままでは京介を傷付けることになる予感がしていた。今になっても京介を無理やり自分のものにしたいという妄執にとり憑かれている自分はあまりにも憐れで、滑稽だった。

これから夢に向かって進んで行く京介の幸せを壊すような真似だけはしたくなく、離れることが最善だと思った。

行きずりの人に世話になりながら、小説を書く日々を送った。自分がアルファとしてモテる部類だと自覚したのは、アメリカに渡ってからだ。日本よりも性に奔放な国で、冬馬が相手に望まれるままに多くのオメガと関係を持ったのは番を探すために他ならなかった。一日も早く京介を忘れ、心から愛する番が欲しい。そうすれば、京介の本当の友達に戻れるかもしれない、そんな思いからだ。そんなことを考えている時点で忘れられるはずもないと、心のどこかで理解しながら。

夢中で綴った小説は、大賞を獲得した作品も含めて人気が出たようだった。ずっとアメリカにいたせいでそれを肌で実感することはなかったけれど、食うに困らないどころか使い切れない額のお金が振り込まれていることで、現実だと確認していた。

京介のことを思い出さなくなったのは、いつ頃からだったか。人と関わり、経験を重ね、ようやく忘れることができたのだと思った。どこかで京介が幸せに暮らしていればいいと思えるまでになったのは、積み重ねた年月のおかげに違いなかった。

日本の地を再び踏んだのは、渡米から九年。自著の映画化が決まったことがきっかけだった。

帰国してまず向かったのは、実家だった。突然いなくなったことを、いつか詫びたいと思っていた。記憶よりも小さくなった父は、厳しく押さえつけて育てたことを後悔し、これからは冬馬の選んだ道を応援したいと言ってくれた。そして、できれば日本へ帰ってきて欲しいと。

断る理由はなく、冬馬はその翌年に帰国を果たした。京介への恋心は風化したと思っていたし、心のわだかまりも消え、これから心機一転やっていくつもりだった。

その矢先だ。京介が、番を失ったことを知ったのは。

その時に甦った記憶と想いを表す言葉を、冬馬は知らない。ただ、京介の顔が見たいと強く思った。

幸せを願って離れたはずの京介が悲しい思いをしているなんて、考えたくもなかった。

＊＊＊

冬馬の自宅は都内にある築五十年の一軒家で、買い取った際にフルリフォームした物件だった。レトロな外観と雰囲気を活かした、趣(おもむき)のある造りの自宅兼仕事場。部屋数は五つで、畳敷きの大きな居間と、洋室の書斎に寝室、それから物置と化している和室が二つの平屋だ。広さは充分で、小さいながら桜の木がある庭もついている、冬馬のお気に入りの城だった。

　家政夫として京介がこの家に来るようになって、一週間。

　家事はあまり得意じゃない、なんて言っていたのに、京介の働きぶりは冬馬の想像以上のものだった。

　物が多く雑然としていた部屋は床が見え、まともな食事を摂るようになった冬馬の肌つやはすこぶる良くなった。庭の物干し竿に洗濯物がはためいている光景はここに引っ越してきてから初めての光景で、なんだか感慨深いものがある。洗濯物はまとめてクリーニングに出すのが常となっていたため、入居の際に買い揃えたきり飾りと化していた洗濯機が活用されるのは、喜ばしい限りだった。

「冬馬、昼メシどうする。何か食いたいもんあるか？」

　書斎から出てきた京介は青いエプロン姿にホコリ取り用のモップを手にしていた。今、京介は書斎の本を整理していて、冬馬は居間の卓袱台で仕事をしているのだ。

　リフォームの際に取りつけてもらった大きな本棚をまったく活用せずに床に積み上げていたのを見た京介が、やらせてくれと申し出た。本好きの京介からしたら、許せない状態だったのだろう。いつか整理しないとなあ、なんて悠長に考えていた冬馬にはありがたかった反面、情けない気持ちになったことは京介には言えない。

本来なら書斎は誰にも入って欲しくないけれど、本の趣味が似ていて信頼のおける京介になら好きにいじってもらって構わないと思え、任せることにしたのだ。

「もうお昼か。なんでもいいよ。卵かけごはんとか」

「いや、一応もっとマシなもん作れるからな。凝ったのは無理だけど」

事前の申告通り、京介は料理がそこまで得意ではないようだった。初日に野菜炒めを焦がして以降、真剣に試行錯誤しているようだったけれど、冬馬は食にこだわりがない質なので少し苦い野菜炒めでも充分過ぎるほどだった。そう伝えたけれど京介は納得せず、食事の準備は妙に気合いが入っている。

何事にも真面目で全力なところは昔のままで、京介らしい。台所で奮闘している姿を微笑ましい気持ちで見ていることは、京介には秘密だ。

結局、昼ごはんに出てきたのはお好み焼きで、少しだけ水っぽいことに目を瞑れば上出来だった。美味しいと素直な感想を言ったけれど、京介は釈然としない様子で考え込んでいた。

「やっぱ難しいな、料理……。失敗した分の材料費書いておくから、給料から引いてくれ」

「え？　何言ってんの。お金のことはちゃんと決めたんだから、そんなことしません。それに本当に美味しいから、大丈夫」

「そうかあ……？　すげえべちゃべちゃしてるぞ、コレ」

　真面目なのは京介の長所でもあり、短所でもある。家政夫として雇うことになり、お金や条件、時間等、詳細を決めた時も一苦労だった。

　冬馬は家政夫の相場を調べて、最初の言葉通りにその二倍プラス色をつけて提案した。けれど同じく相場を調べてきたらしい京介から高過ぎると言われてしまい、まさかの雇い主からの賃上げ交渉をするはめになったのだ。

　京介いわく、素人で完璧な仕事はできないだろうから相場よりも安くていいとのことで、京介の手助けがしたい冬馬を大いに困らせた。何もできないからせめて金銭的な援助だけでもと思っていたのに、京介はどこまでもバカ正直で清廉（せいれん）な男だった。そんなところも含めて好きだったけれど、ここで折れるわけにはいかなかった。

　話し合いの末、給料は相場の一、五倍、通いで週休は二日、就活（しゅうかつ）優先で時間帯は京介の都合でＯＫ、ということになった。

　それからヒートの際は遠慮なく休むことに加え、昼と夜の食事は京介の食費込みで一緒に食べることを約束した。この条件に持っていくまで、冬馬は小説を書くよりも頭を使ったかもしれない。

　そして、言葉とは裏腹に京介の仕事ぶりは料理を除けばほぼ完璧で、おまけに書斎の整理までやってもらっているのでもっと出してもいいくらいだった。

「料理も充分だし、京ちゃんに来てもらって人間らしい生活できてるんだ、俺。おかげで執筆も捗ってるし、感謝してます」

「なら、いいんだけどよ。芹沢先生の新刊のお手伝いができてんなら光栄だ」

「お世辞じゃなく、本当だからな。京ちゃん以外の人だったらこんなに任せられないし、落ち着いていられないから」

「そっか。冬馬の人見知りは相変わらずなんだな。でも冬馬の家、想像の五倍は広かったから俺も五倍頑張るぜ。つっても、見た目のわりに最新設備が揃ってるから俺あんますることねえんだけどな」

「う、うーん、ほどほどにね」

　正しくは人見知りではなく、単純に他人に興味がないだけなのだけれど黙っておく。

無難な対人関係を築くことは難なくできるけれど、よく知らない人間に心を開くことは昔からしたくなかった。それこそ京介にしか見せない面が冬馬にはたくさんあって、他人から見れば冷たい人間に見えるのかもしれない。目が笑っていない、と言われるのには慣れていて、自分でもそう思うことがある。

　京介の前だと冬馬は自然体でいられて、こうして過ごしていると高校時代に戻ったような感覚に陥る。いつだって楽しくて眩しくて、それがどんなに特別なことだったかを今改めて感じている。

　不意に鳴ったスマホの着信音に京介が顔を上げ、正面から目が合う。最近は気付けば京介のことを見つめていて、今も無意識に視線を送っていたみたいだ。自覚したところでやめる気はないので、目が合う頻度も自然と増えた。

「冬馬、スマホ鳴ってんぞ」

「ん？　うん」

「出なくていいのか？」

「ああ、うん。そうだね」

　そこまで言われてようやく畳の上に放り出しているスマホを手に取り、画面を確認する。まもなく着信音が止み、冬馬はまた畳の上にスマホを戻した。その様子を見た京介が、困ったような、微妙な顔になる。

「あのよ、何回も言ってるけど、俺のことは気にせず電話でもなんでも出ていいからな」

「わかってる。大丈夫だよ。今のは出なくてもいい電話だったから」

「そう、なのか……？」

「うん。気にしないで」

　確かに、この一週間のうちに京介の前で着信やメッセージを無視した回数は少ないとは言えず、気にするのも無理はなかった。だんだんとその頻度が上がってきているので、そろそろ着信拒否なり音を消したり対処したほうがいいのかもしれないと頭の隅で思う。本当は、電話の相手が自然と諦めてくれることを望んでいるのだけれど。

冬馬に連絡を入れてきているのは、以前に関係を持ったことのあるオメガだった。けれど会ったのは数える程度で、付き合っているわけでも約束をしたわけでもない。もう冬馬に会う気はなく、このまま連絡を絶ってフェードアウトできればと思っているのだ。

京介と再会してから、このオメガに限らず他の誰にも興味を持てなくなり、冬馬は仕事以外の連絡にはぱたりと応じなくなっていた。少し前までなら外食することが多かったので誘われればどこにでも顔を出していたのだが、今は京介が懸命に作ってくれた食事を一緒に食べることが何よりの楽しみだった。その時間をなくしてまで会いたい人は、冬馬にはいなかった。

まだ、一週間。けれど京介はずっとこの家に居たみたいに馴染んで、冬馬の傍にいてくれている。家政夫なんて建前だったのに、この時間は冬馬にとって何にも代えがたいものになっていた。

「冬馬、これ食ったら買い物行ってくるけど、なんか買うものあるか？」

「買い物なら、俺も行く。荷物持つよ」

「え、いやいや雇い主にそんなんさせられるかよ。それに、仕事は？」

「順調だし、息抜きも兼ねて」

「そっか、そういうことなら散歩がてら一緒に行くか」

頷いた京介に、本当は一緒にいたいだけだと伝えたらどんな顔をするのだろう。困るだろうか、いや、きっと京介は呆れて仕方ねえなあ、と笑ってくれる。冬馬の下心に気付きもせずに。

昼食後、京介が洗い物を終えるのを待ってから買い物へ向かった。近くのスーパーまでは、徒歩で十分程度。近過ぎる、なんて不満に思いながら歩いていると、道の途中で京介が足を止め民家の庭を覗き込んだので驚いた。

「京ちゃん？　どうかした？」

「いや、ちょっと……、お、来た来た」

京介の視線の先、庭の物置小屋の陰から飛び出してきたのは黒い柴犬だった。京介に向かって一目散（いちもくさん）に駆け寄ってきて、ぶんぶんと尻尾を振って喜んでいる。しゃがみ込んだ京介は柵越しに犬に挨拶していて、冬馬は唖然（あぜん）とした。

「梅太郎（うめたろう）、今日も元気だな。よしよし、落ち着け」

「え、ちょ、どうなってんの？　ていうか、うめたろうってこの犬のこと？」

この犬は冬馬も知っていて、通りかかるたびに勢いよく吠（ほ）えられてびっくりさせられるので危険な猛犬（もうけん）なのだと思っていた。けれど、京介に尻尾を振る姿は同じ犬とは思えないほど可愛らしい。柵から鼻を突き出して京介に撫でて欲しいと訴える様子は、冬馬には信じられないものだった。

「そう、コイツ梅太郎ってんだ。家政夫の初日、スーパー行った帰りに散歩中の梅太郎に飛び掛かられてよ。それから仲良くなったんだ。な、梅太郎」

「そ、そうなんだ……」

　京介が来てよほど嬉しいのか、梅太郎は寝転がって腹まで出していた。昔から周囲に好かれる性格だったけれど、犬にまで愛される質とは知らなかった。だけど京介の傍は不思議と心地良いのでなんだか納得してしまう。犬なら人間よりも、そんな優しい空気を察することに長けているのかもしれない。

　つられて冬馬も近寄ってみると、梅太郎はがばりと起き上がってワンと大きな声で吠えた。あまりの豹変っぷりにびくりと全身が跳ね、やっぱり可愛くない、と前言撤回する。

「ははっ、冬馬でかいからな。梅太郎には怖いのかもしんねえ。しゃがんで手の甲出してみろ」

「て、手の甲?」

　言われた通りにしゃがみ込み、梅太郎の前にそっと手を出してみる。すると梅太郎はくんくんと冬馬の手の匂いを嗅ぎ、ぺろりと指を舐めた。

「うわっ」

「ほら、これで大丈夫だ。もう怖くねえよな」

　尻尾を振る梅太郎は、もう冬馬に吠える気配はなかった。なんだか感動してしまって、京介のコミュニケーション能力の高さに改めて感心した。

「かわいいだろ」

「うん。すっごく可愛い。めちゃくちゃ可愛い。世界で一番可愛いかもしれない」

「そんなにかよ。わっ、コラ梅太郎、くすぐってえ」

微笑ましく京介と梅太郎を見ていたら、不意に梅太郎が柵の間隔の広い場所から伸び上がって、京介の口元を舐めた。衝撃が走り、冬馬はぐいっと京介の肩を抱いて柵から引き離す。冬馬は京介とキスしたことがないのに、出会って一週間の梅太郎に先を越されたことがショックでならなかった。犬相手に何を考えているのかと思わないでもないが、悔しいものは悔しい。

「と、冬馬？　どうした。そろそろ行くか」

「うん。もう行こう」

京介の唇に目がいって、キスしたい衝動に駆られる。これは紛れもない嫉妬だった。こんな青臭い気持ちになるのは久しぶりで、まるで思春期の少年のようだと思う。無防備に冬馬を見上げ、抱き寄せた腕から逃れようともしない京介にはまるで警戒心というものがなく、本当にキスしてしまいそうだ。ぐっと欲望を堪え、冬馬は指で京介の唇を拭った。

ぽかんとする京介を解放して歩き出す足取りは、少し早かったかもしれない。

なんとも複雑な気持ちを持て余したままスーパーに入り、レジで精算する際に冬馬はまたもや驚かされることになった。京介がレジのおばさんと親し気に会話し出したからだ。なんでも三日前に買い物に訪れた時、売り場で店員がトマトを盛大にぶちまけたのを片付ける手伝いをしたらしい。そういえば帰りが少し遅い日があって、その日の夕飯がトマト煮込みだったこと思い出す。帰り際に店長らしき人にも気さくに挨拶されていたので、ずいぶんと力になった様子だった。京介いわく、片付ける人手が少なく大変そうだったから、とのことだ。

家政夫を始めて一週間。冬馬の知らないところでぐいぐいと世界を広げている京介は、高校の時よりも人をたらし込む能力をパワーアップさせているようだった。

帰り道、京介の横顔を見ながら高校時代のことを思い出していた。こんな風に京介によく驚かされて、毎日が楽しくて苦しくて、幸せだった。

今、もう一度同じ気持ちを味わって、湧き上がる想いもまた変わらない。眩しいのに目が離せなくて、二十四時間三百六十五日、ずっと京介を見ていても飽きない自信がある。同時に周囲に惜しげもなく笑顔を振りまく京介をどこかに閉じ込めて、自分だけのものにしたいと思うから厄介だった。

「京ちゃんは、人たらしってやつだよね。あ、犬もか……」

「冬馬のほうがよっぽどだろ。何言ってんだ」

まるで無自覚なのが罪深いと、冬馬は思う。けれど自然体でそれをやってのけることこそが、京介の魅力なのだ。上辺だけの人付き合いが得意な冬馬とはわけが違う。だからこんなにも眩しい。

隣を歩く京介のつむじを見下ろしながら複雑な心境を持て余していると、不意に京介がこちらを見上げて目が合った。

「冬馬ほら、あれ。花咲いてる」

「え？　何？」

京介が指差したのは、児童公園に植えられた梔子（くちなし）の木だった。公園の隅で白い花が満開に咲いている。

「一週間前はただの緑だったのに、ここ数日で白い花が咲き始めてさ。何の花かわかんねえんだけど、今日が一番咲いてるな」

「……そっか。あれは梔子だよ。綺麗だね」

「へえ、そうなのか。緑も多いし梅太郎もいるし、良いとこ住んでんなあ、冬馬」

屈託なく笑う京介を、好きだと思わないほうが難しいと本気で思う。

冬馬はここに越してきてずいぶん経つけれど、梅太郎があんなに人懐こい犬だったことも、スーパーの店員があんな顔で笑うことも、公園の花が綺麗に咲くことも知らなかった。京介が教えてくれなければ、きっとこの先も知らずにいたに違いない。目の前で咲いている花に気付ける京介を冬馬は心底愛おしいと思う。

なんだか胸が震える心地がして、密かに唇を噛み締めた。

きっと、何度だって恋に落ちる。たとえ京介が他の誰かのものでも、自分のものにならなくても。

帰宅後、京介は書斎の整理に戻り、冬馬も居間の卓袱台で仕事を再開させた。

京介の気配を感じながらする仕事は意外なほどに捗って、ずっとこんな時間が続けばいいと考えてしまう。もちろん、就活が上手くいくのを願っていることも本当なので、京介には絶対に言えないけれど。

書斎からの物音をBGMに、ノートパソコンに向かうこと数時間。今日一日かけて終わらせる予定だった連載しているエッセイの原稿が予定よりも早く片付いてしまい、自分でも驚いた。一息入れようとソファから立ち上がり、ふと書斎からの物音が止んでいることに気が付く。

「京ちゃん……?」

ごみ出しにでも出かけたのだろうか。書斎を覗こうとして、開け放った扉の前に何かが落ちているのが目に入った。

近付いて拾ってみると、それはピンク色のうさぎのストラップだった。ソフトビニール製で眠そうな目のうさぎは個性的な顔をしていて、少し汚れている。冬馬のものではないということは、持ち主は一人だけだ。

そして覗き込んだ書斎の奥に、京介はいた。窓辺に佇み、微動だにせずにぼんやりと外を眺めている。再会した日に一度だけ見た、感情の見えない横顔。さっきまでの笑顔との落差にどきりと心臓が痛んで、声を掛けるタイミングを失ってしまった。動けずにいると、不意に京介が振り返って視線がぶつかる。

「――冬馬。休憩か？」

「あ、うん……。キリのいいとこまできたから」

「じゃあ、コーヒー淹れるな。待ってろ」

「あ、ありがと」

また拍子抜けするくらい瞬時にいつもの京介に戻ってしまい、内心戸惑う。同時に、あの日見た顔が見間違えでなかったことを確信する。見せないようにしているだけで、京介はまだ悲しみの中にいる。番を失ってまだ半年しか経っていないのだから当たり前のことなのに、普段の京介があまりにも普通で、忘れてしまいそうになっていた。

「――冬馬、それ」

書斎を出ようとした京介が、冬馬の手にあるうさぎに気が付く。やはり京介のものだったらしい。うさぎを手渡すと、京介はそれをしっかりと確認してから手の中に握り込んだ。

「悪い。落としてたんだな」

「……京ちゃんがうさぎなんて、珍しいね」

キャラクターものを好まなかった京介が、うさぎを大事そうに扱うのを見ればそれがどういうものであるかは見当がつく。本当のところを知る必要はないのに、聞かずにはいられなかった。

「ああ、これバース性研究所のゆるキャラ。認知度ゼロって言われてんだぜ、コイツ」

「……そうなんだ」

バース性研究所は、京介の番だった直哉の勤務先だ。たぶん想像した通りに直哉の忘れ形見なのだろう。うさぎを見る瞳にわずかに切なさが滲んでいる。

自分で聞いておきながら話題を続けたくなくて、冬馬はそれ以上何も言わなかった。うさぎをスマートフォンに取り付け、キッチンへ向かう京介の後ろ姿を自己嫌悪に陥りながら見送る。

居間へ戻り、畳に倒れ込んで冬馬は喉の奥で呻いた。助けたいなんて言っておきながら、京介と居られることに浮かれていた自分が恥ずかしい。そして何より、直哉への嫉妬心を抑えられず京介の心に寄り添えないことが、心底情けなかった。

京介の中には直哉がいる。頭では理解していても、それを目の当たりにするのは苦しかった。高校の頃から何も成長していない自分が恨めしい。再会して日に日に甦っていく恋心を、どう扱っていいのかわからないでいる。

「コーヒー入ったぞ。どうした、冬馬。疲れてんのか」

「いや、大丈夫。ありがとう」

のそのそと起き上がってコーヒーを受け取り、すっかりいつもの様子の京介をじっと見つめる。

「なあ冬馬。良かったら書斎の本、何冊か借りてもいいか？」

京介の隠している感情を全部見せて欲しいなんて、きっと傲慢な願いだ。

「え、うん。もちろん。好きなの持っていって」

「サンキュ。見たことねえのが結構あって、気になってたんだよな」

「京ちゃんて、俺より読書家かもね」

「そんなことねえよ。警察官だった頃は忙しくて、冬馬の本しか読みたいと思わなかったんだ。今また興味出てきたとこ」

「そ、そうなんだ」

ふとした瞬間、無邪気に特別みたいなことを言うから敵わない。離れていた間も忘れずにいてくれたというだけで、喜んでしまう自分がいる。京介にとってはなんでもないことだとわかっていても。

だけど、京介が冬馬の小説をずっと読んでいたとしたら、ひとつ気になることがあった。

アメリカに渡った直後に書いた、出版二作目の「秋入梅（あきついり）」という本。冬馬の唯一の恋愛小説で、映画化もされた作品だ。京介が本や映画を観ていないか、ずっと気になっていた。あれは冬馬が京介への気持ちを断ち切るために書いた物語で、苦しい思いを登場人物の一人に乗せて、昇華しようとしたものだった。

京介が恋愛小説を読まないことを知っていたけれど、もしも読んでいたら、と気になっていた。もちろん京介が読んだとしても自分達のことだとはわからないように濁しているけれど、剥き出しの情動を見られてしまうのは怖かった。当時はもう二度と会わないと決めていたから、出版したようなものだ。

「京ちゃん、俺の本なんだけど、全部、読んだ？」

はっきりと「秋入梅」とは聞けなかった。冬馬の問いに京介は一度頷きかけ、そういえば、と考え込むような仕草を見せた。

「アレ、恋愛小説のやつだけは読んでねえかも。最近映画になったよな。俺、恋愛ものだけは読めねえんだよ。合わなくて。でも、他は全部読んだぜ」

申し訳なさそうに言う京介に、冬馬は心から安堵してしまう。無意識に詰めていた息を吐き、気にしないでと笑う。読んでいなくて良かったと思うのと同時に、少しだけ残念に思ってしまうのは何故なのだろう。自分でも自分の心がわからない。

その日京介が帰った後、冬馬はまだ整理途中の書斎の本の山から「秋入梅」を探し出して寝室に隠した。京介のことだから気を遣って読むということはないだろうけれど、できるだけ目に触れないようにしておきたかった。

あの頃から十年。新たに始まった京介との関係を、冬馬は失敗したくなかった。今度こそ、傍にいたい。そしてできれば、想いを遂げたい。

京介を大切にしたいからこそ、「秋入梅」はもう要らない。

3

編集者との打ち合わせからの帰り道。持っている紙袋を揺らしながら足取りも軽く家に向かっていた冬馬は、門の前まで来た瞬間に足が止まった。

玄関の敷石の先に見えたのは、見覚えのある女性の後ろ姿。そしてさらにその奥に、困った顔をした京介がいたからだ。女性は何やら興奮している様子で京介に詰め寄っている。状況を理解すると共に頭痛がして、冬馬は頭を抱えたくなった。

「芹沢さんいるんでしょ。話をさせて、少しでいいから」

「いえ、だから冬馬は今本当に出掛けてて……、出直してもらえると助かります」

不意に女性の肩越しに京介と目が合って、慌てたように隠れろ、と目で合図される。けれどそんなわけにはいかなくて、冬馬は首を横に振って歩みを進めた。冬馬の存在に気付かず、女性は声を荒らげた。

「いい加減にして！　あなた、オメガよね？　わかるのよ。だから芹沢さんと私を会わせたくないんでしょう」

不意に女性が手を振りかぶり、冬馬は慌てた。それだけはさせられなくて、素早く後ろから腕を掴む。女性の肩がびくりと震え、振り返って冬馬を確認するとハッと息を呑んだのがわかった。

「――俺の大切な人に、酷いことしないで」

静かにそう言うと、愕然とした女性の瞳にじわりと涙が浮かび上がった。

「ごめん。もう会えないよ」

女性が冬馬の手を振り解いた直後、パシン、と乾いた音と共に頬に熱が走った。今度は防ぐことも避けることもしなかった。じわじわと痛みが広がっていくのを感じながら、地面に落ちる影に視線を落とす。

「最低……っ」

そう絞り出すように言って、女性は玄関を飛び出した。足早に去っていく背中を見ながら、冬馬は重たい溜め息をついた。京介と再会してからの三ケ月、連絡を取らずにいたことで痺れを切らして家にまで来たのだろうが、そこまで執心されるほど心を通わせたつもりはなかった。

「京ちゃん、大丈夫だった？　ごめん、俺のせいで」

「あ、ああ。俺はなんともねえけど……」

京介は明らかに返答に困って、結局何も言わなかった。関係を持った相手を見られただけでなく、巻き込んでしまったことへのショックは大きく冬馬もこれ以上なにも言えなくなる。沈黙が落ちて、気まずさに消え入りたくなった。

　彼女と知り合ったのは、日本に帰国してすぐ。出版社主催のパーティーで話しかけられ、そのまま関係を持った。フリーライターだと言った彼女はオメガで、だから冬馬は誘いに乗ったのだ。番になる人かもしれない――そう思ったから。

　ずっと番となる相手を探していた冬馬は、よほどのことがない限りオメガの誘いを断ることはなかった。フェロモンで強引に誘われることもあったし、自分から声をかけたこともある。だけど、これまで一度も番になれそうな相手と出会えたことはなかった。肌を重ねると、本能でわかってしまうのだ。この人は運命じゃない、ということが。

　運命の番という言葉を知ったのは中学の頃で、本から知識として知った。この世のすべてのアルファとオメガには運命の相手が存在していて、出会えれば強固な絆で結ばれることができる。その頃の冬馬には理解できず、当事者のアルファだというのに他人事のように思えていた。人に興味が持てない自分に運命の番はいないと思っていたし、必要もないと思っていたから。

　そもそも運命という抽象的な概念がよくわからず、科学的根拠のない話だったので信じてすらいなかった。番に出会えた人達が、自分達は特別だと思いたいだけの眉唾話。ずっと、そんな穿った見方をしていた。

　運命はあるのかもしれないと思ったのは、京介に出会ってから。

認めたくはなかったが亡くなった直哉と京介は、たぶん運命だった。そう感じたのは一度だけではない。だからこそ、余計に京介への気持ちを口にすることができなくなった部分がある。

子供の頃から許婚として傍にいた直哉を、京介が慕っていることは火を見るよりも明らかだった。直哉の話を聞いたのは数える程度だったけれど、京介の表情や声には直哉への尊敬や信頼、そして愛情が溢れていた。そして、京介が直哉から同じように大切にされていることも、容易に知れた。

焦げつくような嫉妬の底で思ったのは、もしも自分にも運命の相手がいてその人に出会えたら、京介への想いがなくなるんじゃないかということ。

その時から、冬馬は運命の相手を真剣に探すようになった。出会えるのなら、早く出会いたい。焦れる気持ちで、ずっと。

「俺も早く番が欲しい」

繰り返した言葉はいつしか呪いのように冬馬を縛り、がんじがらめになっていることにも気付けなかった。けれど京介と再会したことで、それがすべて無駄なあがきだったことを知った。

運命じゃなくてもいい。京介にだけ湧き上がる感情をもう否定せず、たとえ叶わなくても好きでいると決めた。だから、もう他のオメガと関係を持つことはしない。運命の番に出会う日が来ても、この気持ちは変わらないだろう。

冬馬をぶった彼女には、悪いことをしてしまったと思う。あの時は京介に再会する前で、まだ番を探している頃だったのだ。一度関係を持った後、付き合いたいと言われていたのにきちんと返事をせずに連絡を絶っていた自分に非がある。平手打ちしたことで、少しは気が晴れてくれたならいいのだけれど。

「とりあえず、中入ろうぜ。おかえり」

「……うん。ただいま」

廊下を歩きながら京介の後ろ姿を見つめ、いたたまれない気持ちで押し潰されそうになる。言い訳を連ねるのは簡単だが聞かれてもいないことを話すのはどうかと思うし、格好悪いだけだ。京介は、どう思っただろう。あの女性のように最低だと思ったかもしれない。事実なので否定できないし、今更どうすることもできない。

京介は真っ直ぐに脱衣所へ向かい、すぐにタオルを持って冬馬のもとへ戻ってきた。赤くなった頬に冷たいタオルを押し当てて、「冷やしとけ」と一言。冬馬はタオルを受け取ることもせず、目の前の京介をじっと見つめた。

京介が家政夫として家に出入りするようになって、もうすぐ三ヶ月。季節が変わっても京介との日常が続くのが心地良くて、夢を見ているような毎日だったのに。

「冬馬？　どうした、そんな痛むのか。腫れねえとは思うけど……」

「…………」

京介の手に自分の手を重ね、タオルごとぎゅっと握り込む。言い訳でもなんでも、何か言わなければいけない気がした。

「――あの子は、俺の運命の人じゃなかった」

冬馬の言葉に、京介はわずかに目を見開いた。そして、タオルを頬に強く押しつけてから、その手を離してしまう。

「……そうか。冬馬は昔から運命の番、探してたもんな」

一瞬だけ俯いた京介の表情が見えなくなる。けれどすぐさま手痛いデコピンを食らって、冬馬は面食らった。京介は少し厳しい顔で、冬馬の顔を覗き込んだ。

「でも、それならそれで、ケリはきっちりつけねえとだろ。あの人、お前が煮え切らねえからここまで来たんだよな。ちゃんと終わらせんのも責任のうちだぞ」

「……、」

「冬馬が同じことされたら、どう思うんだよ」

一言一句(いちごんいっく)が胸にグサリと突き刺さり、ぐうの音も出なかった。言われてみれば、客観的に見た自分はなんて不誠実なのだろう。今回だけでなくこれまでも、運命の番でないと思った相手にそれを伝えたり別れを切り出すことはなかった。それが相手を傷付けない方法だと思っていたし、楽だったから。

だけどもしも、自分が京介に同じことをされたら、と考えたらさっきの修羅場よりも心臓が凍える心地がした。京介に急に連絡を絶たれたり、理由もなくもう会えないと言われたらきっと死ぬほど絶望する。そして何をするかわからない。これまで関係を持ったオメガ達に、自分はそんな思いをさせてしまったのだ。

「本当だ。京ちゃんの、言う通りだ……。俺、本当に最低だ」

自身の行いを反省すると共に、激しい自己嫌悪が襲う。自分のことばかりで、周りがちっとも見えていない。子供の頃からのひとつのことしか見えなくなる癖が、こんな場面でも発揮されているなんて思いもしなかった。

「俺って、本当に駄目だな……」

「そ、そこまで落ち込むことねえだろ。言い過ぎた、悪い」

冬馬のあまりのショックの受けように、京介が慌てている。だけど、京介が謝ることなんてひとつもない。悪いのは冬馬なのだ。

「俺、京ちゃんに同じことされたら寝込むと思う。立ち直れないよ。本当にごめん……」

「……お、俺に謝ってもしょうがねえだろ。大袈裟だな、冬馬は」

頭をぐりぐりと撫でる手が優しくて、消え入りたい気持ちになる。京介に見られてしまったのは、罰が当たったからなのかもしれない。これで幻滅されたとしても、文句は言えない。すべては冬馬のしてきたことなのだから。

「それとな、もうひとつ。その場しのぎの嘘は良くねえぞ」

「……え？　なんのこと？」

「それは、俺が大切な人とか、言ってただろ……」

言いにくそうに口籠もる京介に、冬馬はハッと思い出す。確かに俺の大切な人に酷いことをするなと言った。だけど、あれは決して嘘なんかじゃなく、本心だ。あの時京介に手を上げられていたら、あんなに冷静ではいられなかった。

「――本当のことしか言ってない。京ちゃんは俺の大切な人だから、嘘じゃない」

誤解されたくなくて真っ直ぐに目を見て言うと、京介は戸惑うような表情を見せた。そして視線を横に逃がしながら、「冬馬はそういう奴だった」とぽつりと呟いた。そういう奴、がどういう意味なのかが気になり問うてみたけれど、心なしか頬の赤い京介は答えてくれなかった。

「とりあえず、この話はもうやめだ。コーヒー淹れてやるから休憩しようぜ。打ち合わせだったたんだろ。冷たいのがいいよな」

「あ、京ちゃん、ちょっと待って」

京介を引き留め、少し躊躇ってから持っていた紙袋を差し出す。この空気の中で出すのは気が進まなかったけれど、渡せるのは今日だけなのだ。

「なんだ？」

「ケーキ、買ってきたんだ。誕生日だよね、今日」

「……えっ」

京介の反応は、自分の誕生日を完全に忘れていたことを物語っていた。予想していたことなので、冬馬も驚かない。京介は自分のことには本当に無頓着だ。

「だから、コーヒーじゃなくてとっておきのシャンパンにしよう。ワインも日本酒もあるし、好きなのでいいよ。変な空気にしておいて、ごめんなんだけど……」

「え、いや、……マジか。よく覚えてたな、冬馬」

「覚えてるよ」

京介のことなら、なんでも。

驚いて呆気に取られていた京介の頬がじわじわと赤くなり、照れ隠しのように頭をがりがりと掻く。どうやら喜んでもらえたらしいことに、冬馬はほっと胸を撫で下ろした。タイミングが残念過ぎたけれど、京介の誕生日を祝うことができるのが冬馬には嬉しかった。

箱から取り出した苺のケーキは、見事に端が潰れてしまっていた。先程の女性を止めたり叩かれたりした時の衝撃のせいだろう。そんな予感はしていたけれど、やはり今日はツイていないとがっくり肩を落とす。当の京介がまったく気にしておらず、崩れても味は変わらないと励ましてくれたのが救いだ。

小型のワインセラーからシャンパンを出し、数字の形をしたろうそくに火をつけて準備を済ませると、冬馬は京介を卓袱台の前に座らせた。そして寝室に隠していたプレゼントを出してきて、そっと差し出す。

「じゃあ、改めまして。京ちゃん二十八歳の誕生日おめでとう」

京介はまた目をまるくして、プレゼントの包みと冬馬を交互に見た。

「まさかこの歳になって、ホールケーキとプレゼントで誕生日を祝われるとは思ってなかったな。……ありがとな、冬馬」

「日頃の感謝も込めて、ってことで」

プレゼントは、悩みに悩んで選んだネクタイピンだ。ブラックシルバーのシンプルなデザインに、ワンポイントで青い石がはめこまれているものだ。京介の就活が上手くいくよう、冬馬なりに願いを込めた。京介がピンを持つ姿に、やっぱりこれにして良かった、と密かに思う。

「実は、明後日に面接がひとつ決まったんだ。これつけていくな」

「そうなんだ。上手くいくといいね」

「ああ。すっげえやる気出た」

最近、京介は笑うことが増えた。再会した直後も笑っていたけれど、今は高校の時のような幼い素の笑顔が見られるようになった気がするのだ。冬馬と友達同士のノリで過ごすうちに自然にそうなったのかもしれないが、理由はなんでもいい。京介が一人の時に見せる、あの悲しい顔が少しでも減るのなら。

「冬馬が、変わってなくて良かった」

ケーキを二人で半分ほど食べ、シャンパンのボトルを半分空けた時。不意に京介が零した言葉に、冬馬は顔を上げた。

変わっていないとは、どういう意味だろう。さっき最高に格好悪いところを見られて株を下げたばかりなので、昔から最低野郎に見られていたのかと一瞬考えてしまう。

「えっ、ど、どういう意味？」

「前も言ったけど、優しくて、良い意味でも悪い意味でも素直で、あと予想外のことばっかするとこ」

「……そ、そういうことかあ……」

「逆にどういう意味だと思ったんだよ？」

よく考えなくても、京介はそんな嫌味を言うような人ではない。さっきの出来事は冬馬にとって相当堪えているらしい。それにしても、優しい以外は褒められているのか微妙なところで、あからさまに顔に出てしまう。

「いや、褒めてるんだぞ。俺は、冬馬のことマジで尊敬してんだ」

「ええ……」

京介はたびたびそんな風に言うが、尊敬なんてされるようなことをした覚えもないし、自分は立派な人間でもない。どこを見てそう思うのか、純粋に疑問だった。

「……ど、どういうところが?」

「面白い小説が書けるのはもちろん、冬馬は誰よりも小説が好きだよな。んで、勉強家で努力もできて、あのすげえ小説が出来てる。才能に胡坐をかいてないとこ、すげえと思う。誰にでもできることじゃない」

「……それは、」

もしもそれが冬馬の良いところなら、それを引き出してくれたのは京介だ。一人きりだった世界に京介が現れたことは、冬馬にとって人生が変わるほどの転機だった。京介のために紡いだ物語が、冬馬をここまで連れて来てくれたのだ。

「それに、小説だけじゃない。冬馬の先入観とか偏見のない考え方とか、視野の広さとか。憧れるとこばっかだ」

「……俺は、京ちゃんに憧れてたよ」

「そういうとこもな。オメガに憧れるとか言うアルファなんて、そうそういねえよ。それでなくても成績優秀で運動神経抜群、顔も綺麗で背もでかくて注目集めてる奴が、俺のこと好いてダチでいてくれたこと、実はちょっと自慢で、嬉しかったんだぜ」

京介の言葉はきっと本心だ。まさかそんな風に思ってくれていたなんて、知らなかった。

「つうか、そもそも冬馬が俺に憧れてるってのがよくわかんねえんだよな。俺、特に性格が良いわけでもねえし、特技があるわけでもねえし。冬馬のほうが全然凄い奴なのにって、いつも思ってた」

本気で言っているから、冬馬は絶句した。京介の良いところ、尊敬するところなんて余裕で百個並べられるし、快活で裏表がなく真っ直ぐな京介の性格が良くないなんてことは、絶対にあり得ない。おまけに容姿だって格好良いと可愛いのバランスが絶妙で、スポーツが好きなだけあって引き締まった良い体をしている。京介に密かに好意を抱いている同級生は少なくなかった。まるで自覚していない京介にアルファが近付くのを、冬馬がどんな思いで見ていたか言葉では言い表せない。

「――京ちゃんの、おかげだよ」

言いたいことがあり過ぎて、一番に出てきたのはこれだった。

「は？」

「俺が小説家になれたのは、京ちゃんがいたからだ。俺の小説を好きでいて応援してくれたから、書くのが楽しくなった。もしも京ちゃんと会ってなかったら、きっと書くこと自体やめてたし、あんなに一生懸命になれてなかった。今の俺があるのは、京ちゃんのおかげなんだよ」

「……冬馬」

「あと、京ちゃんは明るくて元気で格好良くて性格良すぎるくらいだし、努力家で真面目で誰にでも分け隔てなくて、人を大切にできるところも芯が強いところも長所で、尊敬しないでいるほうが無理なくらいだよ。高校時代、夢に向かって頑張ってる姿に俺が何度励まされたか知ってる？　今だって、苦手な料理克服しようとしてくれたり、就活のために資格たくさん取ったり、ダメなところ探すほうが難しいよ、美点だらけだよ京ちゃんは」

怒涛のように言葉が溢れて止まらなかった。それでもまだ言い足りなくて、冬馬は身を乗り出して京介に迫った。

「俺、直哉さんが亡くなったって聞いた時、京ちゃんがすごく落ち込んでるんじゃないかって思った。でも、京ちゃんは真っ直ぐ前向いて、一人でちゃんと立ってた。それがどれだけ凄いことか、わかってない。京ちゃんみたいに強くてあったかい人、俺は他に知らない。俺は、京ちゃんに憧れてる。今も、これからも、ずっと」

初めて口に出したことで、改めて実感する。京介がいたから、得たものの多さを。あの日図書室で京介に出会わなければ、冬馬は父親の後を継いで生きているのか死んでいるのかもわからないような毎日を送っていただろう。そして好きでもないオメガと番になり、恋や人を想う気持ちを知らずに一生を終えていたはずだ。

ふと、京介が腕を上げて顔の前でガードを作ったので驚いた。戸惑った末に膝立ちで寄って行くと、京介は冬馬を拒むようにそっぽを向いてしまう。

「きょ、京ちゃん？」

「……今、見るな。すっげえ、情けねえツラしてるから」

小さくそう言った京介の耳は真っ赤で、照れているのだとわかった。冬馬にとって当たり前のことを伝えただけだったけれど、赤くなっている耳や頬が愛おしくて、胸がきゅうと締め付けられる。

「……今言ったことは本心だけど、俺本当は京ちゃんの弱いとこも、見たいと思ってる」

京介の腕を下げると、困ったように揺れている瞳と目が合う。少し涙ぐんで見えるのは、冬馬の気のせいだろうか。

「冬馬……？」

「俺、頼りないかもしれないけど、京ちゃんが悲しい時は傍にいる。たとえ必要なくても、俺がいること忘れないで」

ずっと、言いたかった言葉。京介が一人の時に覗かせる顔を見た時から、どうにかしてやりたいと思っていた。勢いに乗せて言ってしまったのは否めないけれど、冬馬の率直な気持ちだった。

京介は冬馬をじっと見つめた後、小さく頷いて視線を下に逃がした。まだ耳や頬は赤いままで、なんと言っていいか迷っている様子だった。

「……ありがとな、冬馬」

お礼を言われることは何もできていない。でも力になりたいと伝えられただけでも充分だった。京介が頷いてくれたのも、冬馬にとって大きな進歩だ。これからゆっくりでいいからゆっくりでいいから、京介を支えられるような存在になりたい。

「京ちゃん、真っ赤だ」

京介を照れさせたことが嬉しくて、つい口に出してしまう。指の背で熱い頬に触れると、京介はくすぐったそうに頬をむずむずさせてからやんわりと冬馬を睨んだ。そしてまた腕で顔を隠してしまう。

腕をどかそうとしたら抵抗されて、地味な攻防が続く。そうするうちに力比べになって、だんだんと笑いが込み上げてきた。京介も腕の下で笑っているのがわかって、こうなったら意地でも赤い顔が見たくなる。京介の赤面なんて、滅多に見られるものじゃない。

「京ちゃん、顔見せて」

「嫌だ。ぜってえ無理」

「見たい。りんごみたいだ」

「だから嫌なんだよ！」

さすが元警察官というべきか京介の腕力は強く、このままでは埒が明かないと踏んで冬馬は一度手を離した。解放された京介の体の力が抜けたのを見計らい、今度は二の腕を掴んで顔を覗き込もうとするも勢い余って京介を押し倒してしまい、畳の上にどたどたと転がる。

気が付くと赤い頬の京介を見下ろしていて、初めて見る少し情けない表情にどきりと心臓が高鳴った。

——可愛い。

素でそんな風に思って、冬馬も頬が熱くなる。触れたいという欲がぶわりと溢れ出し、無意識に喉が鳴った。そんな冬馬の心情をつゆ知らず、京介は赤い顔を見られたことを恥じて、顔を横にぷいと背ける。

「くっそ。見るなっつったのに。つうかなあ、冬馬みてえな男前にこんな優しくされて持ち上げられたら、照れるに決まってる」

「……え?」

「それでなくても冬馬は昔から思わせぶりなこと言ったりやったりが多いんだから、意識すんなってほうが無理だっての。無自覚だから、困るよな」

「——京ちゃん」

鼓動が速くなり、京介から目が離せなくなる。それは、京介が自分を男として、アルファとして見ている瞬間があるということではないだろうか。京介の口ぶりでは、今だけでなくこれまでも。

今までずっと、京介には恋愛や性の対象としてまったく見られていないと思っていた。だからこそ聞き流すことはできなかった。もしもそうなら、と期待する気持ちを止められない。

「京ちゃん」

「と、冬馬?」

京介の両手首を掴み、少しの抵抗を押さえ付けて畳に縫い止める。遮るものがなくなりあらわになった京介の表情に改めて湧き上がった衝動は、誤魔化しようもなく邪な熱を孕んでいた。京介の頬に触れた指で唇を撫で、京介の茶褐色の瞳が見開かれるのを間近で見つめる。

嬉しい、可愛い、京介が愛おしい。キスがしたい——強烈な欲望が全身を襲って、体が勝手に動いていた。正常な思考は掻き消え、京介に触れたいという欲求だけが冬馬を満たした。

顔を近付けると京介の肩がびくりと跳ね、唇が触れ合う直前に冬馬の名前を呼んだ。

「とう……、まっ」

同時に京介の足が卓袱台にぶつかり、皿とフォークがガシャンと大きな音を立てる。気が付いた時には遅く、当惑している京介の顔にまた自分がやらかしたことを知った。

「ご、ごめん……」

冬馬が上からどくと、起き上がった京介は距離を取って座り直した。戸惑うのも無理もない、今の行動は完全に友人の距離を逸脱していた。こんなこと、するつもりはなかったのに。

「京ちゃん、俺、今のは……」

「……冬馬、もしかして酔ってるか?」

「え……」

顔を上げると京介は歪(いびつ)な顔で笑っていた。きっと困って、そんな顔をしている。

「そういや、酒弱かったもんな。高校ん時に間違ってチューハイ飲んだ時も、一本で酔っぱらっちまってたし」

言いながら皿やグラスを片付け始めた京介に何も言えず、俯くことしかできなかった。

京介の言う通り、冬馬は昔からアルコールに強いほうではない。そのせいでの失敗も多く、道端や知らない人の家で目を覚ましたことは数えきれない。けれど、今は決して酒の勢いなんかじゃない。否定しないのは、京介のそういうことにしたいという意志を感じ取ってしまったからだ。

「……うん、そうみたいだ。俺、少し休むね」

「わかった。俺も仕事に戻る」

台所へ向かった京介を見送り、冬馬は寝室へのろのろと移動する。ベッドに倒れ込み、漏れ出たのは深く大きな溜め息だ。

京介の誕生日、喜ばせてあげたかったのに、どうしてこうなってしまったのだろう。

一番の問題は京介に迫ってしまったことだが、関係を持ったオメガの存在を知られてしまったこともそうだ。このタイミングで京介に触れようとしたのは、あまりにも間が悪かった。きっと、軽率な行動に映ってしまった。あのまま気持ちを伝えたとしても、さっきの出来事の直後では不誠実にもほどがある。

今までは番を探すことが目的だったから、遊び人だとか手が早いとか誰に何を言われても平気だった。だけど、京介に他のオメガと同じように手を伸ばしたと思われてしまうのは絶対に御免だった。誤解されるくらいなら、酒のせいにするほうがマシだ。

これから冬馬は、京介以外の人間と関係を持つことはない。今日、一時でも情を交わしたオメガと会ったことで、京介でないと駄目なのだとようやく悟った。そしてそれを伝えるのは、少なくとも今じゃない。

また溜め息が出て、冬馬はごろりと寝返りを打った。京介の唇に触れた指先が熱い。衝動は消えず、今すぐにでも台所へ走っていき、京介を抱きしめてしまいたかった。

ぐるぐると思い悩み、気が付いたら冬馬は眠りの淵に落ちていた。寝室の外から聞こえる京介が洗い物をする音が切なくて、でもずっと聞いていたかった。

＊＊＊

京介を「京ちゃん」と呼び始めたのは、高校一年生の夏だった。

放課後、部活を終えてから図書室に顔を出す京介を待ちながら、小説を書くのが日課になっていた頃だ。

もうすぐ始まる夏休み、会えなくなってしまうことを憂鬱に思うくらい、その頃には京介のことが好きだった。

大汗をかきながら図書室に来た京介は、自販機で買ってきたアイスを半分冬馬にくれた。図書室での飲食は禁止だったけれど、他に誰もいないことが多かったのでたまにこうして二人でお菓子やアイスを食べていたのだ。友達同士で秘密を共有するということも冬馬には初めてで、何もかもが新鮮で嬉しくてたまらなかった。

「冬馬って、呼んでもいいか？」

アイスにかじり付きながら京介がそう言って、冬馬は心臓が大きく拍動したのを感じた。その時はまだ芹沢と呼ばれていたし、冬馬も宮城くん、と名字でお互いを呼んでいたのだ。

一も二もなく頷いて、もちろんと返事をした。本当はずっとそう呼んで欲しかったし、京介のこともクラスメイトのように名前で呼んでみたかった。ずっと言い出すタイミングを計っていて、言えないまま時間だけが過ぎていたのだ。

冬馬が了承すると、京介は嬉しそうに「なんか照れるな」と笑った。京介が笑うと胸が温かくなって、同時に切なく締め付けられる。初めての恋は、冬馬に新しい感情をいくつももたらした。

「冬馬も、俺のこと……」

京介がそう言いかけた時、不意に入り口のほうが騒がしくなった。

「京介、いるかー？」

顔を覗かせたのは、京介の所属する陸上部のチームメイト。忘れ物を届けにきてくれたらしく、京介はそちらへ行ってしまう。京介の肩越しに目が合うと会釈され、冬馬は感情のこもらない笑みで同じように返し、すぐにパソコンに視線を落とした。

「京介、本当に芹沢冬馬と仲良いんだなあ。すげえ」

「すげえって何が。それよりわざわざ来てくれてありがとな」

仲間と談笑する声に、胸に湧き上がったのは黒く澱んだ感情だった。それが嫉妬であることは、冬馬自身もわかっていた。

京介は友達が多く、誰からも好かれている。冬馬もその中の一人であることを感じるのは辛かった。冬馬にとって、京介は唯一だったから。

「京ちゃん、って呼んでもいいかな」

戻ってきた京介に、冬馬は間髪容れずに聞いた。

部活の仲間や、クラスメイトと同じでは嫌だ。冬馬だけの、特別が欲しかった。そこで咄嗟に思いついたのが、あだ名で呼ぶことだった。唐突過ぎただろうか、と不安になるも、今更取り消すことはできない。けれど突然の申し出に京介はきょとんと目をまるくしただけで、すぐに「いいぜ」と笑ってくれた。

「そんな風にダチに呼ばれんの、初めてだ」

その言葉に冬馬がどれほど歓喜したか、京介にはわからないだろう。その日は嬉しくて、無意味に何度も京ちゃん、と話しかけた。京介も何度か芹沢と言いかけて、冬馬と言い直してくれた。あの日のことを、昨日のように覚えている。

十六歳の夏、冬馬は恋をしていた。幼くて、透明で、泣きたくなるような恋だった。叶わないとわかっていても京介がいる世界はキラキラと眩しいくらいに輝いて、今も胸の奥に焼き付いている。

＊＊＊

浅い眠りから目覚めた時、日は落ちて寝室は暗くなっていた。

しんと静まり返った室内。寝惚け眼(ねぼけまなこ)を擦りながら体を起こし、今しがた見た懐かしい夢にぼんやりと思いを巡らせる。内容ははっきり覚えていないが、たぶん京介の夢だった。京介の夢を見た時は、決まって胸が苦しいから。

時計を確認すると、もうすぐ夕飯の時間になろうというところだった。完全に寝すぎてしまい、溜め息が漏れ出る。最近は筆が乗っており、京介が帰った後も遅くまで仕事をする日が続いていたから、そのツケが回ってきたのだろう。

だけど、おかげで頭が冷えた。さっきははぐらかして話を合わせてしまったけれど、改めてきちんと謝りたい。これからも傍にいるためには、必要なことだ。

その時、不意に鼻を掠めた匂いに、ベッドから降りようとしていた動きが止まった。微かに、甘い香りがする。何度も嗅いだことのある、この匂い。寝起きの頭が一気に覚醒して、冬馬は寝室から飛び出していた。

扉を開けて、確信する。強くなったこの匂いは、間違いなくオメガのフェロモンだ。恐らく京介が、発情期を迎えたのだ。

慌てて向かった居間は暗く、人の気配がなかった。台所と書斎、風呂にトイレ、そして押し入れの中まで捜しても、京介の姿がどこにも見当たらない。

「京ちゃん……？」

全身の血の気が引いていく。今の京介は番を失いフェロモンが不特定多数のアルファに効く状態だ。出歩くこと自体が危険行為な中、家から出て行ってしまったのだ。

急いで寝室に戻り、スマートフォンを確認するとそこには京介からのメッセージが届いていた。

「ヒートになったから。しばらく行けない」

これだけでは京介の無事は確かめられず、電話をかけてみるが繋がらない。メッセージを送り返してからまた電話をかけてみたが、やはりコール音が鳴るだけで京介が出ることはなかった。

どっと不安が押し寄せて、いてもたってもいられずに家を飛び出した。

京介は一人で、どうやって帰ったのだろう。途中でアルファに遭遇していたら、何をされるかわからない。フェロモンに惑わされたアルファは、獣と同じなのだ。世間ではアルファとオメガが望まない性行為をするアクシデントや事件は珍しくなく、もしも今京介が危険な目に遭っていて電話に出ないのだとしたらと考えると心臓が凍り付きそうだった。駅までの道中京介を捜しながら、冬馬は必死に名前を呼んだ。

折り返しの電話がきたのは、ちょうど駅前に着いた時。手が震え、通話を繋げるのに少し手間取ってしまった。

「京ちゃん！　今どこにいる？　無事？」

『……悪い冬馬。今、着信気付いた』

京介の声はか細く掠れ、いつもとはまるで違い弱々しかった。そこでようやく、京介が現在発情していることを実感した。足早に歩いていた足が止まり、無意識に喉が鳴る。熱っぽい吐息が電話越しに聞こえるのが、鼓動をおかしくする。

「京ちゃん……」

『だいじょうぶ、家にいる。ヒート、なったから、タクシー呼んで帰ったんだ。……メシの用意……、できなくて、ごめんな……』

「そ、そんなの気にしなくていい！　無事ならいいんだ。そっか、タクシーで……、良かった」

安堵して、思わずその場にしゃがみ込んでしまう。人通りの多い駅前で邪魔になっていたかもしれないが、気にする余裕はなかった。

『一週間くらいは、行けねえ。……その間、ちゃんと、メシ食えよ、冬馬』

「俺のことはいいから。それより、……俺にできること、ない？」

電話の向こうで音が止み、間を空けてから「大丈夫」、と呟く声が聞こえた。京介が拒む以上何も言えず、冬馬も頷くしかない。

『また連絡する』

「うん。何かあったら、すぐ呼んで」

京介の返事はなく、通話はそこで途切れてしまう。耳障りな電子音を聞きながら、冬馬はくしゃりと髪を掻き上げた。

一人で帰らせてしまったことが悔しくて、何もできない自分に腹が立つ。傍にいたいのはただ隣にいるだけじゃなく、こんな時に守りたいという意味も含めてだ。寝ていたとはいえ一緒の空間にいたのにもかかわらず、少しも頼られなかったのは堪えるものがあった。だけど、普通に考えて京介の判断は賢明だ。発情期になったから、アルファの冬馬から離れた。ただそれだけのことで、何も間違っていない。

それに、冬馬は直前に京介に迫るような真似をしてしまった。冬馬を頼らないのは当然の結果で、自業自得(じごうじとく)でもある。何もかもタイミングが悪くて、自分に心底嫌気が差す。よりにもよって京介の誕生日に、何をしているのだろう。

このまま帰る気にはなれず、立ち上がって向かったのは京介のマンションだった。着いた頃には月がマンションの上に浮かんでおり、冬馬を見下ろしていた。京介の部屋の明かりはついており、その光を遠く見つめる。

きっと今、苦しいはずだ。抑制剤は飲んだのだろうか。マンションの住人にアルファがいたりしないだろうか。ようやく決まった面接はきっと行けない。京介は発情期を、どんな風に過ごすのだろう。

とりとめなく思考が巡り、不意に電話口での京介の声を思い出した。熱くて、ふわふわしていて少し舌ったらずな喋(しゃべ)り方に、ぞくりとした震えが背中を走った気がした。

発情している状態の京介と接したのは初めてで、今更ながらに頬が熱くなった。

そうして、冬馬ははたと違和感に気付く。そういえば、冬馬の家で京介のフェロモンを嗅ぎ取った時に体が反応した覚えがない。オメガのフェロモンは何度も嗅いだことがあるけれど、いつも抗えない熱さが体を襲った。京介にはもう番がいないから、アルファである冬馬は当然反応するはずだ。

それとも、京介の無事を案じるあまりに気付いていなかっただけだろうか。その可能性は充分にある。あの時、冬馬は必死だった。その証拠に、今履いている靴は左右で違う。それに部屋に残っていた匂いは薄く、効果もそれほどなかったのかもしれない。

もう一度マンションを見上げてから、冬馬は帰路（きろ）についた。これ以上ここにいても、できることは何もない。無性に悲しくひたすらに情けなくて、電車には乗らずに歩いた。体を動かしているほうが、いくらか気が紛れる気がして。

冬馬がとぼとぼと歩く背中を、月がずっと追いかけてきていた。ふと思い出したのは、小さな頃に読んだ、月が願いを叶えてくれる物語。縋るような思いで京介が無事に発情期を越えられるよう祈っても、月は変わらずにそこに浮かんでいるだけだった。

4

最初で最後の、遠い日の記憶。

冬馬が京介の番である直哉と会った日、曇り空からは細かな雪がちらついていた。

放課後の静まり返った校舎内。校庭から部活に勤しむ生徒達の声が遠く響く廊下に、直哉は一人佇んでいた。外部の人間が見慣れた校舎にいる光景は明らかに異質で、ぞくりと背中が粟立ったのを覚えている。

濃いグレーの仕立ての良いスーツに、シルバーフレームの眼鏡。真っ直ぐに立つ姿と整った顔立ちが、余計に浮世離れした印象を与えていた。

目が合うと男は会釈して、冬馬のほうへ近付いてきた。

「すみません。三者面談で来た者なのですが迷ってしまって、二年A組の場所を教えてもらえますか」

声を掛けられた時、冬馬は一瞬反応が遅れてしまった。普通の人間だった、なんて当たり前のことを思いながら、学生相手に丁寧に声をかけてきた男に訳もなく緊張を覚えた。

その時は男が直哉だと知らなかったのに、瞬間的に苦手だと思ったのだ。きっと本能的なものだったのだろう。

図書室に向かっていた冬馬は、直哉の言葉に少し迷ってから途中まで案内することにした。二年の教室は隣の棟にあるので、道すがらにある渡り廊下まで連れて行けば大丈夫だろうと思ったのだ。

「途中まででよければ案内します」

そう伝えると直哉は丁寧にお礼を言い、口元にほっとしたように笑みを浮かべた。

道中に会話はなく、静かな校舎に二人分の足音が響いた。窓の外は相変わらず雪が降っており、見慣れた校舎がまったく違う場所のように感じられた。積もるだろうか、と考えたのが声に出たのはまるで無意識のことだった。

「……雪、積もりそうだ」

声に出してからハッとしたが、直哉は窓の外を見て「大丈夫」と穏やかな声で言った。

「東京の雪は水分が多いですから、これくらいなら積もる心配はありませんよ。それこそわたあめみたいな雪が降らないと」

思い出したのは、京介の言葉。雪国出身の京介も、東京の雪は水分が多いと言っていた。地元で降る雪は、もっとわたあめみたいだと。

瞬間に冬馬の中ですべてが繋がり、目の前の男が「直哉」であると理解した。保護者にしては若く、アルファ然とした整った容姿。二年A組は他でもない京介のクラスで、今日は図書室に行くのが遅くなると前から言われていたのだ。

冬馬は、隣を歩く男から視線を逸らすことができなくなった。けれど直哉は冬馬の動揺を知る由もなく、また静かに笑った。

「渡り廊下、見えました。案内してくれて、どうもありがとう。それじゃあ」

頭を下げ、直哉は冬馬の横をすり抜けて行った。

まもなく遠く聞こえてきたのは、耳に馴染んだ京介の声。

「直哉さん」

間違えようもなくあの男が直哉だったことを知り、目の前が雪で覆い尽くされたかのように真っ白になった。

会いたくなかった。知りたくなかった。京介の番になる、京介の大切な人――。

見たくないと思いながらも体が勝手に動き、声がした方へ視線を向けると、並んで立つ二人の姿が目に入った。直哉を見上げ、京介が笑う。その幼さと甘えの見える表情に胸を掻きむしられるような心地がして、その場から逃げるように立ち去るのが精一杯だった。

あれからどうやって家に帰り着いたかは覚えておらず、雪で濡れたせいで冬馬は酷い風邪を引いた。京介の顔を見られる気がしなかった冬馬には都合が良かったが、熱に浮かされて何度も京介と直哉の夢を見て散々だった。

熱が引いても胸の痛みは取れなかったけれど、苦しい気持ちをやり過ごす気構えを作ることはできた。嫉妬で狂いそうになっても、眠れないほどつらくても、京介から離れるという選択肢だけはなかった。

直哉に会ったのは、あの一度きり。時間にしてほんの数分、きっと直哉の記憶にも残らなかったであろうあの瞬間を、冬馬は今でも鮮明に覚えている。

卒業後、京介に思いを伝えることをせずに黙って去ることを選んだのは、あの時直哉の姿を見てしまったからなのかもしれない。話に聞いていただけの輪郭(りんかく)のない対象が紛れもなく生きて存在し、京介の傍にいることを思い知った。京介が直哉に向ける顔を見て、冬馬が割って入る隙間などないと、わかってしまったのだ。

運命の番、という言葉が頭に浮かんで、冬馬は成す術もなく逃げ出すことしかできなかった。

あれから十年。直哉が亡くなったと聞いた時は、信じてもいない神を呪った。京介が幸せでいるように。それが京介を傷付けないための、冬馬の最後の願いだったのに。

＊＊＊

京介が家政夫業に復帰したのは、発情から一週間後のことだった。

昼過ぎ、インターホンの音で目覚めた冬馬が玄関扉を開けると、そこに大きな買い物袋を二つ手に提げた京介がいた。よう、といつもの調子で言うので、寝起きの頭がまだ夢を見ているのかと混乱してしまった。

「京ちゃん……?」

「おう、心配かけて悪かっ……」

ふらふらと近づいていき、抱きしめてしまったのは衝動的なものだった。すっかり夢だと思っていたし、顔を見たら体が勝手に動いていた。

すっぽりと腕の中に閉じ込めて、髪に顔を埋める。スンスンと匂いを嗅ぎ、思う様頬ずりしてあまりにもリアルな感触に感動していると、京介が身を捩った。

「お、おい、冬馬?」

「……え」

京介の困惑した声に、ようやく寝惚けた頭が一気に目覚めた。

「あれっ?　ごめん！」

慌てて離れると、京介が呆れたように「寝惚けてんな」と言った。まったくもってその通りで、言い訳のしようもない。

「きょ、京ちゃん、もう平気なの?」

「おう、おかげさまで。急に休んで悪かったな。それより、昨日から連絡つかねえから、直接来ちまった」

「え、ごめん。たぶん昨日から爆睡してた……」

　慣れた様子で上がり込んだ京介は、手際よく買い物袋の中身を冷蔵庫に入れ始めた。冷蔵庫は一昨日あたりから空になっていたので、大量の食材も余裕で収納されていく。たった一週間ぶりだというのに台所に京介がいることがなんだか懐かしく思えて、その姿から目が離せなくなってしまう。すっかり元の調子を取り戻したらしい京介は、電話での弱った影をもう微塵も感じさせなかった。

「冬馬、やっぱりちゃんとメシ食ってなかっただろ」

「……ああ、うん。でも、京ちゃんが来る前はいつもこんな感じだったから、大丈夫」

　執筆に集中している時はお腹が減らず、眠りも浅くなるので冬馬の生活は乱れに乱れるのが常だった。京介が来てくれるようになってからは忙しくてもきちんと食事を摂れていたし、京介が居る昼間の時間帯に起きていることで睡眠のリズムが整っていたので、その存在のありがたみを噛み締めていた最中だった。

「何も大丈夫じゃねえだろ。いつか体壊すぞ。とりあえずそうめんでも茹でるか。それとも他に食いたいもんあれば、買ってくるけど」

「いや、そうめんがいいな」

「ん。わかった。洗濯も溜まってんじゃねえか？　掃除機もかけてえな」

慌ただしく動き始めた京介があまりにもいつも通りで、冬馬は拍子抜けする。一週間前に迫っただけでなく、ついさっき抱きしめてしまったことすらまったく気にしていない様子に、安心したような少しは気にして欲しいような、複雑な気持ちになる。気まずい空気を引きずるよりマシだけれど、冬馬はこの一週間を悶々と悩んで過ごしていたというのに。

発情期の京介と初めて話したことは冬馬にとって決して小さくない出来事だった。電話越しに声を聞いただけなのに、一人の部屋で思い出すのは京介の熱い吐息。いくら振り払っても頭から離れず、発情期の京介へのあらぬ妄想が止まらなかった。オメガのフェロモンに惑わされた時とは違う、心の中まで掻き回されるような劣情。考えないようにするために仕事に没頭できたのは、思わぬ収穫だったけれど。

「冬馬、顔色悪いな。起こしちまったもんな。もう少し寝るか？」

「……だ、大丈夫。ちょっと、お風呂入って目覚ましてくる」

ふらふらと風呂場へ行き冷たいシャワーを浴びると少しは落ち着いて、髪を乾かしながら様々な感情を胸に押し込めた。居間へ向かうと卓袱台にはすでにそうめんと山盛りの野菜サラダ、茄子の炒め物が用意されており、お馴染みになった青いエプロン姿の京介が麦茶を淹れているところだった。

「目ぇ覚めたか、冬馬」

「うん。そうめん美味しそうだね」

「たくさん茹でたぞ。たくさん食え」

京介の言う通り妙に大量だったけれど、ろくに食事を摂っていなかった冬馬にはご馳走(ちそう)そのものだった。空腹は感じていなかったのに、急に腹の虫が鳴いたので自分でも現金な奴だと思う。

早速いただきます、と手を合わせそうめんをすっていると、グラスを冬馬の前に置いた京介が、神妙(しんみょう)な面持ちを作った。

「冬馬、食いながらでいいから聞いて欲しいんだけどよ」

「えっ、うん」

「俺、実家に帰ろうと思う。就職も決まんねえし、このままずっと冬馬の世話になるわけにもいかねえから」

途端にそうめんの味がしなくなり、箸(はし)が止まった。京介の言葉を信じたくない思いが、頭の回転を鈍くさせる。

京介の実家は、東北の田舎町だと聞いたことがある。帰ってしまえば、この家政夫業を続けることができなくなるどころか簡単に会えなくなるということだ。事実上の別れを言い渡されて、平静を保つのは難しかった。

「なん、で……、突然」

「冬馬には話したことがあると思うんだけど、うち造り酒屋やっててな。警察辞めた時から戻って手伝えって言われてたんだ」

「…………」

「こないだの面接も結局なくなっちまったし、そろそろ潮時かと思って」

視線を落とした京介が、この選択に前向きでないことは明らかだった。潮時という言い方。それに、こんな浮かない顔で言われても、まるで説得力がない。

「だから、家政夫は冬馬が今書いてる小説を書き終えるまでってことでいいか？　それまでに、代わりの人探すの俺も手伝うから」

何も言えず、冬馬は箸を卓袱台に置いた。言いたいことも聞きたいこともたくさんあるのに、どう言葉にしていいかわからない。

確かに京介の再就職先は決まらず、冬馬の家政夫を始めてから三ヶ月以上の時間が過ぎた。直哉が亡くなってからの時間も含めると、約八ヶ月。京介が諦めてしまうのも、仕方ないことのように思えた。

――だけど。

「…………嫌だ」

ぽつりと飛び出たのは、冬馬の本音。もともとこの時間に限りがあるのはわかっていたことで、京介の決断を尊重するべきだと頭ではわかっている。それなのに、いざ終わりを突き付けられて絶望している自分はなんて身勝手なのだろう。だけど、どうしても嫌だ。目の前から京介がいなくなってしまうのは。

「応援、できない。そんな諦めるみたいな言い方、京ちゃんらしくない」

「……冬馬」

「それに、酒屋の仕事がやりたいわけじゃないんだよね。もしそうだったらとっくに帰ってるはずだし。京ちゃんが本当に納得してるんなら別だけど、そうじゃないなら俺は京ちゃんを送り出してあげられない」

もっともらしいことを並べ立ててみたけれど、頭ではどうすれば京介が今まで通り傍にいてくれるのか、それしかなかった。京介のことを思うふりをして、その実自分のもとに留まって欲しいだけ。なんてずるく卑怯なのだろう。だけど、他に京介を引き留める手段が思い浮かばなかった。

「――そうだな。言い訳のしようもねえよ。でも、ごめん。もう決めたことだから。世話になったのに薄情なことして、本当にごめん」

京介は決然と言って、頭を下げた。認めたくないが、京介の意志はもうすでに決まっているのだ。今までもそうしてきたように、自分の道を自分で選んでいる。それがわかってしまっては冬馬にはどうしようもなかった。京介が一度決めたことを曲げないのは、よく知っている。

「このままじゃ俺はいつまでも中途半端で、どこにも行けなくなっちまう。ヒート中に散々考えたんだ。だから、一旦実家に戻って、家の手伝いをしながらこれからどうするか考えようと思う」

「……京ちゃん」

「冬馬の言う通り、酒屋の仕事をずっと続けるつもりはないしな。兄貴達がいるし、あそこに俺の居場所はねえから」

「……え？」

「いや……、ありがとうな、冬馬。心配してくれて」

それ以上は何も言えず、押し黙るしかなかった。子供のように駄々をこねたところで、京介の気持ちは変わらないのだろう。この生活は、終わりを迎えるのだ。

「——今すぐってわけじゃねえし、それまではしっかり家政夫の仕事、全うするぜ。だから、そんな顔すんな」

頭をぐりぐりと撫でられて、冬馬はその手を握った。不意打ちに驚いた京介の顔を、正面から見つめる。触れた手から伝わる温かさに、胸が詰まる思いがした。

往生際悪く、格好悪いことこの上ない。だけど、言わずにはいられなかった。

「新しい道を模索するとして……、このままずっと、俺と一緒に居るっていうのは？」

見つめる先で、京介はわずかに目を見開いた。祈るような気持ちでぎゅっと手を握り締

めると、京介は一瞬だけ痛みを堪えるような顔をしてからいつもの太陽のような笑顔を見せた。

「だから冬馬お前な、そういう思わせぶりなことをその顔面で言うな。照れるだろ。それに、冬馬にそこまで世話になるわけにはいかねえよ。でも、そう言ってもらえてすげえ嬉しい。冬馬と居るの、楽しかったから」

「京ちゃん……」

「なあ冬馬、俺ら一生友達だ。だからこそ、これ以上甘えられねえ」

一生友達。笑顔で言った京介に他意はなく、そのままの意味なのだろうけれど、冬馬にとっては胸に刺さる言葉だった。わかっていたけれど、京介にとっての冬馬は「友達」でありそれ以上でもそれ以下でもない。これがきっと、京介の答えなのだろう。

握り返される手が切なくて、けれどこのままずっと繋いでいたかった。

「……わかった」

「なあ冬馬。本当はこれ、辞める時に言おうと思ってたんだけど、やっぱ今言うな」

「え、うん……?」

「冬馬と再会できて、良かった。俺に会いに来てくれてありがとな。直哉さんが亡くなって警察辞めたあと、実は結構精神的にきつくて、毎日どうやって生きていったらいいかわかんなくなってて。でもそんな時に冬馬が来て、久しぶりに笑えたんだ、俺」

「………、」

「前に冬馬は俺が前を向いてたって言ってくれたけど、本当はそうじゃなくて、がむしゃらに何かやってないと折れちまいそうで必死なだけだった。でも、家政夫やるようになってから毎日本当に楽しくて、ようやく地に足がついて息ができるようになった気がした。冬馬のおかげだ。一からやり直そうって思えたの」

どこか泣きそうな笑顔に、冬馬の胸が締め付けられる。やっぱり京介は傷付いていて、それでも気丈に立っていたのだ。わかっていながら何もできず、ただ隣にいただけの自分は京介に感謝されていい立場じゃない。立ち直ったのだとしたら、それは京介の強さだ。

「……俺、何もできてないよ。何かしてあげたかったけど、結局何も……」

「何言ってんだ、めちゃくちゃ優しくしてくれただろ。それに、いつも俺に笑いかけてくれた。冬馬には普通のことかもしれなくても、俺は嬉しかった。……でも、この三ケ月間、本当に楽しくて、ちょっと休憩し過ぎちまったって思う。だから、これからはちゃんと自分の足で歩く。冬馬には、感謝してもしきれないって伝えたかった。ありがとうな、俺に会いに来てくれて。――友達でいてくれて」

京介の髪が、午後の日差しに透けてキラキラと光っていた。綺麗だな、なんて場違いなことを考えながら、冬馬は自分の存在意義を理解した気がした。

きっと、このまま友達でい続けることが京介にとっては良いのだろう。下心や欲が存在することを知ったら、きっと京介は傷付く。冬馬が大切な友達だから。

泣きそうになるのを堪え、冬馬は笑った。京介にも、そうして欲しかったから。

「……京ちゃん、俺、京ちゃんが好きだよ。すっごく」

「ふはっ、だからお前なあ……。でもまあ、うん。俺も好きだ、冬馬が」

「うん」

京介の笑った顔が好きだった。今も、その笑顔を愛おしいと思う。だからこそ、この気持ちは伝えないほうがいい。京介の信頼を受け取るのなら、きっと。

それに、一生の友達でいてくれること自体が、冬馬にとっては奇跡そのものだ。どんな名称だろうが、京介は代わりの利かない冬馬の唯一。

冬馬は密かに決意を新たにする。たとえ報われなくても、京介をずっと好きでいる。無理に諦めようとするほうがずっと苦しくて辛いのだと、この身を持って知っているから。

＊＊＊

気絶するように机に突っ伏し寝落ちた翌朝、目が覚めた時の絶望と言ったらない。

眠った気がせず、無理な体勢のせいで関節が固まっており、当たり前に小説がまったく進んでいないのだ。真っ白なままの画面を見た時のもの悲しさは、筆舌に尽くしがたい。京介が家政夫を辞めて実家に帰ると宣言した日から、約三ヶ月。冬馬は生まれて初めてのスランプに陥っていた。

書く気はあるのに手が動かず、書いては消しを繰り返し、時間だけが過ぎてしまった。机に向かわないわけにもいかず奮闘しているが、初めてのことなのでどうやってこの状況を抜け出せばいいのかわからないでいる。

原因は恐らく精神的なもので、書き上げた先にある京介との別れを無意識に恐れているのだと思う。今生の別れでもあるまいし、家政夫としてこの家に来ることがなくなるだけだとわかっているのに、どうしても筆を進めることができない。小説が書けない小説家なんて笑えなくて、闇雲にもがいている状態だ。

目は覚めたものの動き出すことができず、椅子に座ったまま数分。扉の向こうから洗濯機が回っている音が聞こえてきて、京介が来ているのだとぼんやり理解した。書斎は明るい日差しが差し込んでおり、正午少し前といったところだろうか。

スランプと共に眠れない日が増え、京介がサポートをしてくれているにもかかわらずここ最近は不規則な生活を送っている。

「冬馬、そろそろ起きろー」

　足音と共に扉が開き、京介が顔を覗かせる。冬馬が起きているのを確認すると、中に入ってきて肩にかかっていた毛布を勢いよく剥ぎ取った。この毛布も、たぶん京介が朝来た時にかけてくれたものだろう。取られるまでまったく気付いていなかったけれど。

「おはよう冬馬。もう昼だけどな」

「おはよう……」

　京介は毛布を手際よく畳み、寝起きの冬馬の顔をじっと見つめて表情を曇らせる。寝癖で跳ねた前髪を手で撫でつけながら、溜め息をついた。

「ひでえクマ。昨日も書けなかったのか？」

「……うん、参っちゃったな」

　乾いた笑いが出て、申し訳なさと焦りでいっぱいになる。原稿の締切日はとっくに過ぎており、本来なら京介はもう実家に帰っている頃だった。けれど冬馬のスランプを見兼ねて、こうしてまだ通ってきてくれている。

「ごめんね、京ちゃん。不甲斐（ふがい）なさで消えたい……」

「バカ、謝るんじゃねえよ」

　容赦（ようしゃ）ないデコピンを食らい、痛みに呻く冬馬を京介は睨む。

「最初に約束しただろ、書き終えるまでって。俺のことは気にすんな。とりあえずメシにするぞ。何事も体力がねえと始まらねえ」

「……うん」

食欲はなかったけれど、冬馬は素直に食卓へ向かった。健康的とは真逆の生活を送っていても倒れずにいられるのは、こうしてきちんと食べているからだった。もともと器用な京介の料理の腕は驚くほどに上達して、今では失敗どころか毎回美味しいものを作ってくれる。それだけ長い期間家政夫をさせてしまった結果でもあり、京介がいくら気にするなと言ってくれても気にせずにはいられなかった。

朝食を兼ねた昼食は野菜がたっぷりのあんかけうどんで、冷えていた体が温まりようやく目が覚めた。寝不足には違いないけれど、これでまた頑張れそうな気がしてくる。

食べ終えたどんぶりを流しに持っていくと、ちょうど京介がコーヒーを淹れているところだった。ドリッパーから立ち上る香ばしい香りが、冬馬の鼻をくすぐる。

「京ちゃん、俺も飲みたい」

「ああ、冬馬のだぞ。これ」

「そうなの？　ありがとう。これで頑張れそう」

「なあ冬馬、今日は休んだらどうだ？　最近ずっとこもりっぱなしだったろ。顔色も悪い」

ポットを置き、京介が顔を覗き込んでくる。額に手を当てられて、びくりと肩が跳ねてしまった。一瞬言葉に詰まりながら、やんわりと京介の手から逃れる。

「……いや、やらないと。ただでさえ予定押してるし、原稿に向かってないと落ち着かないんだ」

「でもよ……」

「大丈夫。京ちゃんのごはんのおかげで元気だから。ありがとう心配してくれて」

何か言いたげな京介からマグカップを受け取り、冬馬は足早に書斎に戻った。扉を閉め、机にカップを置いて我慢していた溜め息を零す。京介が触れた額を押さえ、あたたかな手の感触を思い出す。心臓が忙しなくて、胸が苦しい。前はこんな接触はなんでもなくて、むしろ自分から触れていたことのほうが多かったのに、最近はダメだ。京介に触れられると、心も体も同時にざわついてどうしようもなくなる。

京介の良き友達でいることを決めたのに、自分自身が思い通りにならないことがもどかしい。早く小説を完成させて京介を解放してやりたい気持ちと、このままずっとここに居て欲しいという相反した思いがずっとせめぎ合っている。こんな状態で良い小説が書けるはずもない。

束の間悩み、冬馬は机には向かわず窓辺に腰を下ろした。壁一面の本棚を見上げ、京介が整頓してくれたことを思い出す。格段に使いやすくなった書斎は、京介がいなくなればまた雑然とした姿に戻ってしまうだろう。京介の後に、他の人間を雇う気はなかった。どんなに優秀な人が来たとしても、きっと何もかもを不満に思ってしまうから。京介の代わりは、他の誰にも務まりはしない。

窓から見える空は晴れて、どこまでも高く澄んでいた。京介に再会した雨の日とは違い、寝不足の目に痛い。あの日から季節は二度変わり、冬になった。ふと京介の発情期のことを思い出し、胸に生まれるどろりとしたものを冬馬は見ないようにした。

あれから京介の発情期はきておらず、恐らくもうすぐ次の周期が来るはずだ。どうか、次も何事もなく過ぎ去って欲しい。そしてできれば、冬馬の目の前でなってくれたら。そうしたら京介を助けてあげられる。他のアルファやあらゆる危険から、この手で守ってあげられるのに。

後ろ暗い歪な欲だとわかっていながら、最近こんなことをよく考えている。

気が付いた時、冬馬は伸し掛かるような眠気に襲われて動くことができなくなっていた。小説を書き進めなければ、そう思うのに一向に抗えず、いつの間にか壁にもたれて意識を手放していた。

再び意識が浮上したのは、何時間後だったか。

悪夢を見て、冬馬は汗だくで目を覚ました。書斎の天井が視界に入った時、夢と現実の区別がつかなくなり一瞬混乱した。夢を見ていたことを理解すると一気に体の強張りが取れ、深い溜め息が出た。

夢の中、発情期になった京介は顔のわからないアルファに乱暴されそうになっていた。ドクドクとうるさい心臓が落ち着くのを待ち、深呼吸する。夢だとわかってもなお、京介が凌辱されるという恐怖と不快感が拭えない。

ふと、窓から覗く空が茜色に染まっているのが見え、長い時間眠ってしまったことを知った。起き上がって息をつき、そこで初めて嫌に静かなことに気が付いた。夕焼けに赤い家の中はしんとしており、京介の気配が感じられない。

三ヶ月前に京介が発情期になった時のことと、先程の夢を思い出して鳥肌が立った。まさか、という思いで居間へ向かっても京介はおらず、けれど代わりに卓袱台の上にメモが残されているのを発見した。

「買い物に行ってくる」

京介の文字で簡潔に書かれたそれに、とりあえず発情期になったわけではないと安堵する。だけど、買い物にしては帰宅が遅いような気がして、また不安が込み上げた。普段ならとっくに夕飯の準備を始めている時間だし、買い物はいつも昼間に行っていたのに。

ぞわりとした胸騒ぎと共に再び思い出す、鮮明な悪夢。アルファの男に押さえつけられ襲われている京介を助けたいのに手が出せず、手籠めにされるのを見ていることしかできなかった。

あまりにもリアルな記憶に吐き気を催しながら、冬馬はスマホを持って家を飛び出す。

京介の無事をこの目で確認しないことにはいられなかった。

向かったのは、最寄りのスーパー。その間に京介に電話をかけてもコール音が鳴るだけで繋がらず、不安に拍車がかかっていく。とにかくスーパーに向かおうと歩みを進めていた時、途中の児童公園で京介の姿を発見した。駆け寄ろうとして思わず足が止まったのは、京介が冬馬の知らない男と話していたからだ。

京介はこちらに気付かず、男と会話を続けている。普段通りの様子にひとまず安心するも、男の手が不意に京介の頭を撫でた時に走った嫌悪感が、冬馬の頭を真っ白にさせた。男の手が夢の中で京介を襲ったアルファに重なり、せり上がったのは焦燥と行き場のない怒り。絶対に、夢の通りにはさせない——その思いで、体が勝手に動いていた。

「——京ちゃん！」

同時に振り向いた二人の間へ入り、男の手を勢いよく払いのける。京介の前に立ち、冬馬は男を鋭く睨みつけた。

「触るな……！」

地を這うような声が出て、男が少しだけ怯んだのがわかった。マグマのような激情が体の奥底から湧いてくるのを止められない。今にも殴りかかりそうなほど、男が京介に触れたことが許せなかった。

「おい、冬馬！」

後ろ頭を小突かれて、冬馬は険しい顔のまま振り返る。その形相(ぎょうそう)を見た京介は困惑した様子を見せたが、冬馬の肩を優しく叩いた。

「どうしたんだよ。俺なら大丈夫だ」

「でも、京ちゃん今、こいつに」

「この人は、俺の元上司。警察官時代にお世話になった人だ」

「……え？」

振り返ると、京介とのやり取りを見ていた男と目が合う。背が高くガタイも良い男は普段着姿だったが、警察官と言われてみればそう見えないこともない。

「城崎(しろさき)さん、すんません。こいつ俺の友達で、なんか勘違いしたみたいで」

「ああ、うん。驚いたけど気にしてないから大丈夫」

「冬馬、この人は城崎さん。俺が新人の頃、よく面倒見てもらってたんだ」

どうも、と会釈されたものの冬馬は状況を理解するのに時間がかかり、言葉を発することができなかった。知り合いだという二人が会話する様子を見て、少しだけ冷静さを取り戻す。

「冬馬、大丈夫かお前」

「……京、ちゃん。俺……」

どっと汗が噴き出して、同時にこめかみが痛んだ。安心していいのか、自分の勘違いによる振る舞いを後悔すればいいのか、わからない。

「じゃあ、宮城。俺はそろそろ行くよ」

「あっ、ハイ」

「まだ先の話になるが、例の件考えておいてくれ」

「っす。わかりました」

城崎は最後に冬馬に視線を寄越し、また小さく会釈した。ハッと息を呑んだが喉が固まって何も発することができず、そのまま城崎は公園を去って行った。

その後ろ姿を見送りながら、無礼なことをしてしまったと実感する。短絡的に動いてしまった自分は、まるで癇癪を起こした子供だ。城崎が大人の対応をして見せたことは、冬馬を落ち込ませるのには充分だった。

だけど、どうしても許せなかった。無遠慮に触れた城崎も、それを受け入れている京介も。それから今、未だに憤りを感じている自分にも。

「冬馬。お前上に何も着てこなかったのか。風邪ひくから早く帰るぞ」

「……うん」

窘められるか呆れられると思ったのに、京介は何も言わなかった。歩き出した京介の後ろを追い、まだ燻る不安定な感情を持て余す。日が沈み、暗くなっていく帰り道。どうしてこんなにもどろどろした激情を抑えられないのか、自分でもわからない。直前に京介が犯される悪夢を見たというのもあるのだろうが、それだけではなくてこの気持ちはきっと、もっと冬馬の深いところにある。

「……京ちゃん、ごめんな」

「ん？　ああ、大丈夫だ。城崎さん、懐のでかい人だから」

「……そう、なんだ」

　城崎の雰囲気は、直哉にどこか似ている気がした。落ち着いていて寛容で、余裕のある大人の男。冬馬が失礼な態度をとっても、京介の反応を見た上で対処していた。京介にはたぶん、ああいう人が合うのだろう。冷静沈着だからこそ、オメガである京介を危険から守ってやれる。そう思ったら黒い靄が胸に広がって、唇を噛んだ。

「それより、今日はハンバーグだぞ。タネ作っておいたから焼いてすぐ食べられる。好きだろ冬馬」

「……京ちゃん」

「なんだ？」

「いつも、あんな風に触られてたの」

「え？」

「……城崎さんって人に、頭、撫でられてた」

「ああ」

京介は納得したように頷き、そうだな、と言った。その返答にも心がささくれ立つのがわかって、自分から聞いておきながら何も言えなかった。京介には、京介が生きてきた時間がある。その中でどんな人間関係を築いてきたか、冬馬に知ることはできない。理解していても、湧き上がる嫉妬は自分ではどうにもできなかった。

「冬馬」

不意に京介がこちらに向き直り、冬馬も足を止める。するとくしゃり、と髪に手を差し込まれ、そのままぐしゃぐしゃに搔き回されてしまう。不意打ちに目をまるくした冬馬に京介は笑い、また歩き出す。

「俺は昔から冬馬みてえに背がでかくねえから、犬猫感覚で撫でられることが多いんだよ。失礼な話だよなあ」

「お、多いんだ……」

「でもまあ、気持ちはわかる。犬っぽい奴とか、撫でまわしたくなるよな」

「え……」

含み笑いを浮かべた京介は、冬馬を置いてさっさと先へ行ってしまった。もしかして、今京介に犬っぽいと遠回しに言われたのだろうか。そんなことを言われたのは初めてで、深読みしすぎなのかもしれなくても複雑な気分になった。京介にどういう意味だと訊ねても、笑うだけで何も答えてくれなかったけれど。

「よっし。冬馬の気の済むようにって思ってたけど、やっぱ撤回だ」

「え？　どういうこと……？」

「犬……じゃなくて、雇い主の顔色をまずなんとかしねえとな」

　意味が分からず首を傾げながら帰宅した直後。京介は浴槽にお湯をはった。最近は時間短縮のためにシャワーだけで済ませていて、それを京介にも伝えてあったのに有無を言わせずに脱衣所に連行されてゆっくり浸かるようにと言われてしまう。せっかく張ったお湯を無駄にするのも気が引けて渋々入ったのだが、久しぶりの湯舟は気持ちが良くて結果的にのぼせそうになるほど長湯してしまった。

　風呂から上がると夕食の準備をしていた京介が手を止め、冬馬を居間に引っ張っていった。座布団の上に座らされ、何が始まるのかと思ったら京介はドライヤーを持ってきて冬馬の髪を乾かし始めた。今までこんなことをしてくれたことはなく、挙動不審になってしまう。何度も振り返ろうとする冬馬の頭を正面に戻して、京介は黙々とドライヤーをかけた。そのうちに冬馬も諦めて、気が付いた時にはあまりの心地良さにうっとり目を閉じていたくらいだ。

　髪を乾かし終えた京介は台所に戻り、まもなくハンバーグを完成させて戻ってきた。初めて作ってくれた時は、ハンバーグというよりも挽き肉の炒め物といった感じだったけれど回数を追うごとに上達していき、今回は今までで最高の出来だったと思う。もちろん冬馬にとってはどれも本当に美味しかったけれど。

　夕飯を終え、洗い物を済ませると京介は帰宅するのが常なのだが、今日は居間に戻ってきてお茶を淹れ始めた。京介が帰ったら仕事を再開させようと思っていたのだけれど、出されたお茶をおとなしく飲んだ。

　飲み終えるや否や京介に湯呑(ゆのみ)を奪われ、連れて行かれたのは寝室だった。掛け布団をベッドから剥ぎ取った京介に、冬馬は動揺を隠せない。

「京ちゃん、か、帰らなくて大丈夫？」

「ああ、これが終わったら帰る」

　手をぐいぐいと引っ張られ、ベッドの上にうつ伏せに寝かされた冬馬は困惑しきっていた。このままでは寝てしまう。今日は結局一文字も小説を書き進められていないのに。いや、それよりもまず、この状況はなんなのだろう。寝室に連れ込まれるというシチュエーションに何も感じないほど冬馬は鈍くない。

　慌てて起き上がろうとしたところで、京介に押さえつけられてカエルが潰れたような声が出た。警察仕込みの体術でマウントを取られたのでは成す術もなく、おとなしくしてろ、と言われていよいよ京介が何を考えているのかわからなくなった。

　何をされるのかと戦々恐々としていたら、京介は冬馬に馬乗りになった体勢のまま、肩をマッサージし始めた。触れた手の平にびくりと体が跳ね、心臓が早鐘を打った。今、こんな風に京介から触られるのは駄目だ。肩を揉まれているだけならまだしも、何より京介に伸し掛かられている状況がいけない。冬馬に体重をかけないように腰を少し浮かせてくれているが、ふわふわと京介の尻が当たる感触は冬馬の体を熱くさせるのには充分な威力を持っていた。

「きょ、ちゃん……、待って、こ、これはマズい」

あまりの動揺に声が裏返る。ここ最近は睡眠不足のせいか自慰をする元気もなかったのに、あっという間に股間に熱が集まっていくのを感じて全力で焦った。京介に勃起していることを知られたら、上手く取り繕える気がしない。それに、家政夫としてきてもらっているのだから、こんなことまでさせるわけにはいかないのだ。けれどじたばたと落ち着かない冬馬を、京介は許さなかった。

「肩だけ。岩みてえにガチガチだぞ。最近ずっとパソコンとにらめっこしてたからなあ」

「いや、大丈夫だから！　俺なら平気、なんともない」

「目の下にそんな凶悪なクマ作ってるやつのセリフじゃねえんだよな。マッサージなら得意だから、安心しておとなしくしてろ」

そう言われても、冬馬の問題は京介の手が体に触れていることそのものなのだ。京介がマッサージをやめてくれないとわかった今、冬馬にできるのは全力で劣情を抑えて無になることだった。

「冬馬、力抜け。今日はもう何もしなくていい。大丈夫だ」

不意にかけられた声が優しくて、緊張していた体からふっと力が抜けた。京介は、冬馬のことを思ってこんな行動に出ている。少し強引だったけれど、心配してくれているのだ。仕事のことを考えると大丈夫だなんてとても思えないけれど、京介が言うと本当に大丈夫なんじゃないかと思えてくるから不思議だった。

枕に顔を埋めてまもなく。あんなに緊張していたのに全身が解れていくのを感じるとあっという間に脱力し、眠気に襲われた。京介の手が気持ち良くて、いつの間にか邪な気持ちはどこかへ消え去り、ひたすらに心地良いまどろみの中へ落ちていった。

翌朝、目を覚ますと寝室のベッドの中にいて、寝起きの頭が混乱した。けれど久しぶりにぐっすり眠ったようで、いつもの頭痛や倦怠感（けんたいかん）がほとんどない。体全体が軽くなっており、目覚めも良い。部屋のカーテンは開け放たれており、朝日が差し込む部屋は明るかった。

寝起きの頭で昨夜のことを思い出し、京介にマッサージで瞬殺されたことを少しだけ恥じる。だけど、おかげで体の調子はここ最近で一番良い。

時計を確認するとまだ朝の八時を回ったところで、午前中に目を覚ましたことに少し感動してしまった。起き上がってのそのそと着替えていると、家の中から物音が聞こえてくる。まさかと思い台所へ向かうと、やはりそこには京介の姿があった。作業に夢中で冬馬に気付かず、せっせと何か作っている。

「きょ、京ちゃん?」

「お、早いな冬馬。おはよう」

朝から元気の良い京介は昨日とは違う服装なので、昨夜はちゃんと家に帰ったようだ。だけど、こんな早い時間に来るのは珍しい。やはり昨日から京介は何か企んでいるみたいだ。

「顔洗ってこいよ。今日は一日俺に付き合ってもらうぜ」

「え? でも……」

「頼む。仕事もわかるけど、今日だけでいいから。な?」

両手を合わせて見上げられては、断ることは不可能だった。それに今日は体調が良いせいか、昨日までのように息苦しい焦燥感をあまり感じない。それが京介のおかげだということは明らかだったので、付き合うことに決める。

わかった、と言うと京介は笑顔を見せ、また作業に戻った。顔を洗い身支度を済ませ、出されたコーヒーを飲んで待つこと約三十分。大きめのリュックサックを持って現れた京介はパーカーとジーンズというつもの格好にフィールドジャケットを羽織っていた。ブルゾンを手渡され、冬馬もそれを着込んで京介と共に家を出た。

天気は快晴。少し肌寒いけれど気持ちの良い日和で、久しぶりに直射日光を浴びた気がした。電車に乗り、着いたのは京介のマンションの最寄り駅。家に行くのかと思いきや、連れて行かれたのは近くの公園だった。京介に会いに来た際に偶然再会を果たした場所だ。

池のあるこの公園には緑が多く、季節を問わず人が集まる人気スポットだ。前に訪れた時は周りを見る余裕がなかったけれど、池の噴水の音を聞きながら歩く木陰の遊歩道はとても気持ちが良かった。

「平日の午前中は人が少なくて好きなんだよな。早朝走ってる時も最高だけどな」

「うん。良い場所だね」

遊歩道をぐるりと回り、辿り着いたのは池のほとりの東屋。再会の際、冬馬が京介に飛び掛かった場所だ。雨の日の薄ら寂しい印象とはまったく違い、木漏れ日が落ちる明るい東屋は温かな雰囲気に包まれていた。

京介はベンチに腰掛け、リュックから大きな包みを取り出した。見慣れない布に包まれたそれは重箱で、中身はボリュームたっぷりの弁当だった。おにぎりとサンドイッチ、からあげに卵焼き。ミニハンバーグは昨日の残りだろうか。ウィンナーがタコの形をしているのが意外で可愛らしく、冬馬は感嘆の声を上げた。出掛ける前に作っていたのは、この弁当だったのだ。

「京ちゃんお弁当も作れるようになったんだ？　すごいね。美味しそう」

「初めてにしては上出来だろ。昼には早いけど、冬馬朝メシまだだから食おうぜ」

言われてみれば今日はまだ何も口にしていない。朝は食べないタイプなのだけれど、急に空腹を感じたから笑ってしまった。差し出されたお茶と箸を嬉々として受け取り、京介の手作り弁当を食べた。

かなり多いと思った弁当も、二人がかりだとあっという間になくなってしまった。どれも本当に美味しくて、京介は料理人になれるんじゃないかと本気で思った。料理人だけでなく、器用で真面目な京介ならきっと何にでもなれるはずだ。オメガというだけで京介の可能性がいくつも閉ざされている現実を、改めて口惜しく思った。こんなこと京介には絶対に言えないけれど。

「冬馬、今日は顔色いいな」

「そうかも、調子良いよ」

今日ここへ連れて来られた意味と、昨日からの行動の真意を、冬馬はようやく理解した。ずっと小説を書くことに躍起になって、自身の内側に閉じこもっていた。公園を歩き太陽を浴びて、凝り固まっていたものがゆっくり解れていくような気がしている。生まれて初めてのスランプに、自分で思うよりもずっと参っていたらしい。

京介から見ても、きっと切羽詰まって見えていたのだろう。振り返ってみると自分でも、みっともない姿を晒してしまったと思う。京介が昨日何も言わずに強引に事を進めたのは、全部冬馬のためだったのだ。

隣に座る京介を見つめ、無防備な横顔に切ない思いが募る。もうすぐこの生活は終わりを迎えて、友達として適切な距離感に戻る。それが惜しいようないっそ早く離れてしまいたいような、難しい気持ちがずっと渦巻いている。

冬馬の視線に気付き、こちらを向いた京介の目が少し赤かった。冬馬がぐっすり眠っている間に、早起きをして弁当を作ってくれたのだ。それが嬉しくて切なくて、なんだか胸が痛い。

「冬馬、このあと何も決めてねえんだけど、行きたいとこあるか？」

「え、そうなんだ。一日付き合えって言うから予定決まってるのかと思ってた」

「一日一緒にいんのは決まってるぜ。まあ夕飯の前には帰るけどな」

夕飯何がいいか考えとけよ、と笑った京介を、改めて好きだと思う。冬馬を苦しめるのも癒すのも、京介だけだ。

正午を過ぎ、人が増えてくると東屋を移動して園内を散策することにした。どこかへ行くよりも、今日は「何もしない」を実行することを二人で決めたのだ。敷地の広い公園を歩き回るだけでも、引きこもっていた冬馬には良い運動になる。

隣を歩きながら、こんな風に二人で出掛けたのは初めてだと思い至り、冬馬は密かに喜びを噛み締めた。近所に散歩に行くのとは違う、何もせずに一緒にいるだけのいわばデート。しかも誘い出してくれたのは京介で、その気がないとわかっていても舞い上がってしまうのだから現金なものだった。

　京介の横顔を盗み見て、嬉しくて切ない胸の高鳴りを自覚する。木漏れ日が京介の髪を透かしているのを、いつまでも見ていられるような気がした。

　遊歩道を抜けイチョウの並木道を進み、テニスコートやドッグランを見学しながら歩いてすれ違った保育園児たちに手を振り返す。穏やかでゆっくりとした空気が心地良くて、冬馬の口角は自然と上がった。

「冬馬、ボート乗るか？」

「えっ、いや、うーん。転覆しないかなあ」

「ふはっ、そう簡単にしねえよ。じゃあやめとくか」

　笑われて少し悔しい気持ちになりながら京介の後を追い、ボート乗り場を過ぎると遊具が並ぶ広場に出た。滑り台やブランコ等、定番のものから初めて見るものまでたくさんの種類があり、親子連れが無邪気に遊んでいる。

　冬馬は公園で遊んだ記憶はないが、もしも子供の頃に京介に出会っていたらここで遊んでみたかった、と素直な気持ちで思う。

　視線の先、ふと目に留まったのは広場の奥にある大きなジャングルジム。小さな女の子が随分と高い位置まで登っており、その下から数人の大人が声をかけていた。てっぺんまで登りきっている女の子は危なっかしい体勢で必死に棒に掴まっていて、危険なのは明らかだった。異変に気が付いた京介と共に、ジャングルジムへ駆け寄っていく。

下にいたのは、それぞれベビーカーや抱っこで赤ちゃんを連れている女性三人。「危ないから下りておいで」と声をかけているが、当の女の子は「ママ、どこ」と不安げに叫ぶばかりで埒が明かない様子だった。たぶん、一人では下りられなくなってしまったのだろう。

「どうかしましたか。あの子の保護者の方はいますか?」

京介が声をかけると、女性達は首を横に振る。女の子が一人でジャングルジムに登っているのを見かけ危険だからと声をかけたようだが、最初から保護者の姿は見当たらなかったらしい。

事情を理解した京介は迷うことなくリュックを下ろし、冬馬に預け女の子を見上げた。

そしてジャングルジムに足をかけ、優しい声を投げかける。

「なあ、ママを捜してるんなら、お兄ちゃんと一緒に捜そう」

振り返った女の子が京介を見て、迷うように視線を彷徨(さまよ)わせる。京介は軽快な動きでジャングルジムを登り、女の子のいるてっぺんまであっという間に辿り着く。その迷いの無さと行動の早さに驚かされながら、冬馬も万が一に備えてジャングルジムの下で待機した。

「こう見えてお兄ちゃんは元お巡りさんなんだ。だから、君のママもすぐ見つけてあげられると思う」

「……ほんとう？」

「ああ、だから大丈夫。一緒に下りようか」

その言葉に女の子は表情を明るくし、京介の方へ体を向けようと手を離してしまった。

危ない、と思ったのと同時に女の子の体がぐらりと大きく傾き、見守っていた女性達が悲鳴を上げる。京介が素早く伸ばした手は女の子をしっかりと捕まえたが、不安定な足場にバランスを崩し、女の子を抱き込んだ体勢で落下してしまった。

「京ちゃん！」

京介は足からくずおれるように着地する。冬馬は咄嗟にその背中を受け止め、後方に転がりそうになるのをなんとか食い止めた。その勢いと重みは予想以上のもので、待機していなかったら京介は頭を打っていたかもしれない、と背筋が冷たくなった。二人の無事を確認すると、安堵からどっと汗が噴き出す。

「だ、大丈夫？」

「あっぶねえ、ビビった……。俺は平気だ。サンキュな、冬馬」

そう呟いたあと、京介は慌てて女の子の顔を覗き込む。

「どっか痛いとこないか？　ごめんな、一緒に下りようって言ったのに」

京介の腕の中で、呆然とした様子の女の子は何が起きたのかわかっていないようだった。

けれど徐々にその瞳に涙が溢れていき、やがて泣き出してしまう。しがみつく女の子の頭を撫で、怖かったな、もう大丈夫、と繰り返す京介は見たこともない優しい顔をしていた。事の成り行きを見守っていた女性達に礼と労い(ねぎら)の言葉をもらいながら、女の子を慰めること数分。ひとしきり泣いて落ち着いた女の子は、自らはぐれた母親を捜すために高い場所へ登ったことをたどたどしく話してくれた。目立つ場所にいれば見つけてくれると思ったらしい。ひとまず園内の安全センターへ連れて行くことにして、母親が見つかるまで一緒にいることを約束すると、女の子はようやく笑顔を見せた。

女の子をあやしながら話をする京介の姿を見て、冬馬は密かに感動する。今京介が制服を着ていたら優しくて格好良い、立派なお巡りさんそのものだ。

散々胸を焦がしたというのに、今なお京介に対する憧憬は止むことはない。あの頃の夢を叶え、望んだ未来を手に入れた京介の姿を垣間見ることができた気がした。

京介は女の子を抱き上げ、安全センターまでの道のりをゆっくりとした歩調で歩いた。赤い目をした女の子はすっかり京介に身を預けており、安心しているように見えた。あれだけ優しい声で慰められたら、この短時間で懐いてしまうのも頷ける。あの場に冬馬しかいなかったとしたらジャングルジムから下ろしてあげられたかも疑問だし、絶対にこうはいかなかった。

安全センターはほど近い場所にあり、迷子の手続きをしている最中に息を切らした母親がやってきた。無事に再会した親子が抱き合うのを見届けて、ほっと胸を撫で下ろす。別れ際に何度も手を振る女の子に、京介もずっと手を振り返していた。そして、冬馬はそんな京介の様子をじっと見つめ、複雑な面持ちで密かに溜め息を飲み込んだ。

「無事に会えて良かったな。上から落ちた時はさすがに焦ったけどな。ナイスキャッチ、冬馬。あのままだったら盛大に転がって、格好つかなかったわ」

「……京ちゃん、そのことだけど」

「え？」

「足、痛めてるよね？　さっきからなんかおかしいと思ってたんだ」

じとりと京介を見つめると、面白いくらい露骨に目を逸らされた。これは図星で間違いないだろう。広場を出た辺りから、京介が足を庇って歩いているように見えていたのだ。そして、センターで女の子を下ろすために屈んだ時に、京介の表情が一瞬歪んだことで確信した。

足を痛めていたことに気が付いた時、冬馬は大きなショックを受けた。怪我をしたこともそうだが、自分が全く頼られなかったことに。京介の代わりに女の子を抱っこすることもできたし、京介を休ませて、冬馬一人でセンターに送り届けることだってできた。すぐに気付けなかったことも悔しくて、怒っているわけではないのに険しい声が出てしまう。

京介はバツが悪そうに冬馬を見上げ、ガシガシと頭を掻いた。

「うん……、でも痛めたっつうか、ちょっと捻っただけだから。よくわかったな」

「……わかるよ。いつも見てるんだから。それより、早く手当てしないと」

「なら、一旦家に帰っていいか？　ここから近いしすぐ済ませるからよ」

そのまま歩き出した京介は、我慢をやめたのかわかりやすく足を引きずっていた。京介のマンションが近いので帰るのは賛成だが、このまま歩かせるわけにはいかない。

「待って」

「え？」

「俺が運ぶ」

京介が何か言う前に、冬馬は素早く膝裏と背中に手を差し込んで横抱きにした。小柄とはいえ成人男性である京介は予想よりも重かったけれど、マンションまでの距離ならなんとかいけそうだ。京介はぽかんと冬馬を見つめた後、じたばたと暴れ出した。

「いやいやいやいや、ねえって冬馬！　これはナシだろ！　平気だから下ろせ！」

「足引きずってるくせに、平気なわけないだろ。いいからおとなしくして」

ずり落ちそうになったのを抱え直し、京介をやんわり睨む。足が心配なのはもちろんだが、この期に及んで相変わらず京介が一人で完結させようとしていることに苛立ちを覚えてしまった。京介は何も悪くないと、わかっているのに。

「俺、そんなに頼りない？　どうしてすぐに言ってくれなかったんだよ。俺、京ちゃんの強いところは尊敬してるけど、なんでも一人で解決しようとするとこは嫌いだ」

「……と、冬馬」

「足、今無理したら酷いことになるよ。高校の時だって、それで部活長く休んでただろ」

何も言い返せないらしい京介が黙り込み、冬馬はその間にも大股で進む。大の男がいわゆるお姫様抱っこされている姿は注目を集めてしまったけれど、そんなことは少しも気にならなかった。今は一刻も早く、京介の足の治療をしたい。

「……冬馬、悪かった。わかったから、せめてこの運び方は勘弁してくれ。リュックは俺が持つから、背負うとか」

京介は顔を赤くして、本気で困っている様子だった。仕方なく足を止めて、リュックを背負った京介を冬馬がおんぶする形に変える。先程よりも歩きやすくなったものの、密着度が高くて体温をダイレクトに感じることに動揺してしまった。京介が冬馬に抱きつくような形は精神衛生上良いとは言えず、自然と早足になってしまう。

「ごめんな、冬馬。俺すげえ格好悪いな。あの時冬馬が受け止めてくれなかったら大怪我してただろうし、情けねえ」

ぽつりと京介が零したのを、冬馬は聞き逃さなかった。思わず振り返ると京介は少し、しょんぼりとした表情をしていた。

「違う、京ちゃんは格好良い。ごめん、さっき怒ったのは、頼って欲しいっていう俺の勝手な気持ちだから。俺一人だったら何もできてなかったし、迷子の女の子を怪我までして助けた京ちゃんは、世界一格好良い」

力説すると、京介は一瞬の間のあと、ふっと息を吐いて笑った。そして「相変わらず、過大評価し過ぎ」と言う。

「そんなことない。京ちゃんは格好良いよ、ずっと」

心の底から、そう思う。京介はいつだって世界で一番優しくて強い、格好良い存在だ。京介がどれだけすごいか、どんなところが格好良いかを話すと後ろから口を塞がれてしまった。顔を固定されてしまって見られなかったけれど、きっと京介の頬はまた赤くなっているに違いなかった。

公園の出口まで来た時、冷たいものが鼻に当たったかと思ったら急に雨が降り出してきた。さっきまでの快晴から一転、あっという間にどしゃ降りになってしまう。急いだものの京介のマンションに着いた頃にはすっかり濡れてしまい、図らずも再会した日と同じシチュエーションになってしまったのだった。

エントランスで一度京介を下ろし、髪や服の雨を払う。怪我をした上に風邪を引かせてしまうのは避けたかった。

「京ちゃん大丈夫？　……あれ」

冬馬はふと、京介のポケットから見えているスマートフォンに目を留めた。いつもぶら下がっているうさぎのストラップがついていない。バース性研究所のゆるキャラのうさぎは家を出た時は京介のポケットで揺れていたのに。

「京ちゃん、うさぎは？」

冬馬の言葉に、京介は勢いよくポケットからスマートフォンを取り出した。やはりうさぎはついておらず、ポケットを探ってもないようだった。

京介がみるみるうちに青褪め、ふらりとエントランスを出ようと踵を返したので驚いた。腕を掴み、慌てて京介を引き留める。

「え、ダメだ待って。こんな雨で足も怪我してるのに」

「でも、捜さねえと……！　公園のどっかに落としたんだ」

京介の狼狽え方は、冬馬の想像を遥かに超えていた。こんなに取り乱している京介は初めて見た気がする。

「そうかもしれないけど、今日はもうダメだって。怪我が悪化したら……」

「俺の足なんか、どうでもいい！」

京介が叫び、冬馬の腕を振り解く。あまりの必死さに、追うのが一瞬遅れてしまった。

京介があのうさぎを大切にしているのは知っていたけれど、こんなに動転するほどだとは思わなかった。直哉の勤務先だったバース性研究所のマスコット。肌身離さず持ち歩いていたそれは、たぶん直哉との思い出の品だ。

「待って……！」

エントランスを出ようとした京介に追いつき、再び腕を掴んで引き寄せた直後だった。京介がふらつき、冬馬が抱きとめた瞬間に覚えのある匂いがして息を呑んだ。

腕の中の京介は目を見開いて、冬馬の服を震える手で掴んでいる。目が合うとがくりと膝が折れ、咄嗟に支えたことで抱きしめる形になった。京介は冬馬を押し返し、首を横に振る。頬が赤らむのと同時に匂いが強くなっていき、疑惑は確信に変わった。

「……冬馬、離れろ……！」

京介は、発情期になったのだ。甘く香る匂いは、オメガのフェロモンだ。

離れろと言ったのは、京介もそれを自覚しているから。だけどバカ正直に離すわけにはいかなくて、冬馬はさらに京介を抱き込んだ。フェロモンが広がるのは、まずい。ここがマンションの真下だったのは幸いだった。

京介を抱き上げ、エレベーターに乗り込むと密室でフェロモンを強く感じた。なるべく吸わないようにしても、京介を抱いているのでは意味がない。すっかり脱力した様子の京介は、されるがまま冬馬にぐったりと身を預けていた。部屋の前で京介のポケットからキーケースを探し出し、鍵を開けるのは気が焦って手間取った。やっとの思いで中へ入り、リビングのソファに京介を横たえた時、冬馬はどこか呆然としていた。

苦し気に荒い呼吸をする京介は間違いなく発情していて、フェロモンの匂いも感じる。だけど、冬馬の体は少しも反応を見せていない。京介のフェロモンに、冬馬は誘われていないのだ。

経験上、これだけの至近距離でフェロモンを感じた時は否応なく体が昂ぶるのが普通だった。気力でどうにかなるものではなく、本能に訴えかけられるせいで抗うことはできない。だけど今、冬馬は冷静に京介を見下ろしている。

前に冬馬の家で京介が発情期を迎えた時も、残り香に反応を見せなかったのはそもそも京介のフェロモンが効かないからだったのだ。番でないアルファにフェロモンが作用しない理由、それはひとつしかない。

京介はまだ、直哉の番のままなのだ。直哉が亡くなってもうすぐ一年が経とうという今でも。

後ろ頭をガツンと殴られたような衝撃に、目の前が暗くなった。

思い出したのは、過去に読んだことのあるバース性に関する文献。通常、番と死別すると番関係は二ヶ月程度の時間をかけて自然と解消されるが、生前結びつきの強かった番は稀に解消されないことがある。数年間持続した後に解消されることもあるが、生涯解消されなかった例もあった。

「きょう、ちゃん……」

京介が未だに直哉のものであったことで、冬馬はこれ以上ないほど打ちのめされていた。直哉が死んで、どこかほっとしている非情な自分を認めるのは怖かった。だけど、現実を突きつけられて、そんな取り繕った思いは吹き飛んでしまった。京介の心を離さない直哉が妬ましい――それが理不尽な思いだとしても。

「……と、うま……」

熱い吐息で名前を呼ばれ、ハッと我に返る。冬馬を映す京介の瞳は、涙に濡れていた。唇を震わせる京介に抱いたのは、紛れもない欲望。オメガのフェロモンの作用ではない、冬馬自身の劣情だった。

心臓が忙しなく鼓動を打ち、ごくりと喉が鳴る。力なく横たわり、息を乱す京介はあまりにも扇情的だった。冬馬がこれまでにしてきた、どの妄想よりも。

「……さぎ、さがさねえと……、あれがないと、俺……」

「…………」

苦し気に眉を寄せ、それでも起き上がろうとする京介がうさぎのストラップを諦めていないことを知って、カッと頭に血が上った。京介を押さえ付け、ソファに沈めると冬馬は体の上に乗り上げた。京介の濡れた瞳が、何が起きたのか理解できずに揺れている。

「――行かせない」

自分でもゾッとするような冷たい声が出た。心の中がどんどん冷えていくのがわかり、凶暴な気持ちが止められない。あのうさぎが、直哉がそんなに大事なのかと思うと叫び出したい気分だった。悲しくて、切なくて、苦しい。ずっと好きだった。それなのに、京介がちっともこっちを見てくれないことがこんなにも耐え難い。

凶暴な気持ちが止められず、昨日見た悪夢を思い出した。京介が襲われ、成す術もなく犯される酷い夢。冬馬に止めることなんて、できるはずもなかった。京介に襲い掛かっていたのは、冬馬自身だったのだから。

十年前からずっと隠してきた、後ろ暗い欲望。仕舞い込んでいただけで、本当はずっと京介を壊してでも自分のものにしたかった。

「……とうま……?」

熱い頬に触れると京介はびくりと肩を跳ねさせ、小さな声を漏らす。発情しきっているのにまだ意識を保っている気丈さは、京介の精神力あってこそなのだろう。何か発しようとするのを遮るように、冬馬は唇に噛みついた。

「ふ、んん……っ、ぅ、んっ」

京介の全身が震え、冬馬のブルゾンを力なく掴む。抵抗というよりは反射に近いそれを、ソファに押さえて封じる。京介の唇は火傷しそうなほど熱く濡れており、舌を潜り込ませるのは簡単だった。

「ンッ、ふぅ……、んぐ」

舌を絡め取り、冬馬は容赦なく京介の口内を舐め回した。上顎や、頬の裏、舌の付け根を順番に舐っていくと、くぐもった声が京介の喉から上がる。溢れてくる唾液が甘く感じられて、冬馬も夢中になっていく。京介との初めてのキスは、麻薬みたいに頭の芯をぼうっとさせた。

「んぁ、ふあ……、はぁっ、はあ」

「京ちゃん……」

どれくらい京介の唇を貪ったかわからない。唾液の糸を舌先から引きながら離れた時、京介は息も絶え絶えで目の焦点が危うかった。顔だけでなく首や耳まで真っ赤で、連想したのは熟れた果実だ。かろうじて保っていた自我はもう失われ、陶然と冬馬を見つめる瞳は情欲に飲まれていた。

冬馬は下腹にずんと重たい欲を感じて息を詰める。まだキスしかしていないのに、京介の快楽にとろけた姿は目に毒だ。フェロモンが効いていないのに、こんなにも京介が欲しくて下半身が熱い。

「京ちゃん、苦しい……？」

「……っ、」

頬を手で包んで呼びかけると、とろんとした瞳と目が合う。抑制剤を飲んでいない京介は、体が疼いて仕方ないはずだ。伸し掛かった自分の下で体がびくびくと震えているのが、可哀想で可愛らしい。

「京ちゃん、答えて。苦しいよね」

「……と、ま……」

きっともう意識は混濁していて、冬馬の名前を呼んでいても何をされているのかわかっていないのだろう。京介は眉を下げて小さく頷く。冬馬は首筋に顔を埋め、柔らかな皮膚に吸い付いた。びくんと京介の背中が浮き、そのまま軽く首に歯を立てる。

「ひぁ……っ」

うなじはアルファがオメガに噛みつくことで番になる場所だ。いわば、オメガのウィークポイント。うなじの近くを触られるだけでも、強烈な刺激になるはずだ。京介は特に弱いらしく、大きく反応を見せた。

「……じゃあ、助けてって、言って」

「……っふぁ、あ……っ」

「そしたら、楽にしてあげるから」

首筋に舌を這わせ、顔を上げると京介はますます赤くなって冬馬を見上げていた。心臓が壊れそうなほどうるさいのに、頭の中はいやに静かで冴え渡っていた。

京介が欲しい。抱きたい。めちゃくちゃにしたい。直哉のものでなくしたい。誰のものにもなって欲しくない。京介を自分だけのものにしたい。

それができないなら、せめて——せめて一時だけでも、自分のものに。

「……っ、と、ま……」

「ダメだよ、ちゃんと言わなきゃ」

こめかみを涙が伝い、くしゃりと表情が崩れる。浅い呼吸を繰り返して、京介は冬馬の頬に手を伸ばした。

「とう、ま……、たす、けて……、くるしい……」

ぽろぽろと涙を零して懇願するその姿に、満たされていく感覚を言い表すことはできなかった。全身が総毛立ち、体の奥からますます黒い欲望が溢れていく。

息をゆっくりと吐き、獣のように今すぐにでも突き入れてしまいたいのを堪えながらきつく京介を抱きしめる。

「……、京ちゃん、好きだよ」

もう一度唇を重ね、舌に吸い付きながら全身をまさぐる。直接触れられないことがもどかしく、冬馬は忙しない手付きで京介のフィールドジャケットとパーカーのジッパーを下ろした。Tシャツをたくし上げて京介の上半身をあらわにすると、自らもブルゾンを脱ぎ捨てる。筋肉がついて引き締まった体を見下ろして、冬馬は思わず溜め息を零す。冬馬よりも一回り小さい均整の取れたこの肉体に、何度目を奪われたかわからない。

肌が露出したことで京介からはまた甘い匂いが立ち上ったけれど、やはりフェロモン特有の自我を失いそうになるほどの性感の昂ぶりは感じられず、苦い気持ちになる。それでも腰全体が重く感じるくらいに股間に熱が集まり、触れてもいない陰茎が完全に勃起しているのは、冬馬自身の興奮に他ならない。

京介も同じようにジーンズの股間部分がきつそうに盛り上がっているのが見え、冬馬は導かれるようにその昂ぶりに触れた。

「……っ、ん、あ……っ」

下から上へ手の平を滑らせると、腰がびくりと跳ねて甘い声が上がる。ベルトを緩めて前をくつろげると濡れている下着が顔を覗かせ、早くその全貌が見たくてジーンズと共に一気にずり下ろした。ぶるんと飛び出したのは、濡れそぼった屹立。ジーンズを脱がせてしまうと京介の足は自然と開いて、冬馬にすべてを晒した。

赤く充血して雫を溢れさせる陰茎、そしてその下で息づく濡れた窄まり。日に焼けていない部分の京介の肌は想像よりも白くて、性器も淡い色をしていた。もっとよく見たくて膝裏を掴んで押し上げると、びしょびしょに濡れた肛門がひくりと動いたのがわかった。オメガの後孔はアルファの子種を欲しがり、女性器のように愛液を溢れさせる。

今すぐに突き入れてしまいたい強烈な衝動に、頭の奥が痺れるようだ。そこが冬馬を待ち侘びている気がして、気が急く。後ろも前も、濡れて光りながら冬馬を誘っている。

「……っ、とう、ま……っ」

「すっごく、綺麗だ」

呟きは無意識で、心からの言葉だった。足をさらにぐっと押し上げ、腰が高く上がったところで蜜が溢れる後孔に舌を伸ばした。

「んぁ……っ！　あっ、あ」

くちゅ、と音がするのと同時に京介の腰が揺れ、高い声が上がる。むせかえるように甘い香りを感じながら舌を潜り込ませたそこは、すでに柔らかく綻んでいた。中を丹念に探ってやるとますます内側から蜜を溢れさせ、すぐにでも冬馬の剛直を受け入れてくれそうだった。続けて人差し指を差し込むと、京介の喉からあられもない声が漏れた。

「あっ！　はあ、ぁっ、とう、まぁ……っ」

ソファに爪を立てて、全身を震わせながら快感を享受している姿はたまらなく可愛かった。普段は凛として男らしい京介が、はしたなく足を開いて喘いでいる。ゾクゾクとした愉悦が背中を走り、もっと乱れさせてやりたくなった。

潜り込ませた指はそのままに、ソファに腰を下ろすともう片方の手で揺れている肉棒を握り込んだ。熱くてぷるんとした質感の京介のそれは、漏らしたみたいにぐしょぐしょになっている。後ろを指で掻き回しながら、前を上下に擦ってやると、先端から白く濁った先走りがぴゅっと飛び出す。

「ひぁっ、あぁ……っ、や、ぁ……っ、アッ、あ！」

体をくねらせ身悶える京介の足が、冬馬が押さえなくても限界まで開いた。与えられる快感に翻弄されて、腰を浮かせて冬馬の手に股間を押し付けてくる。期待に応えるように奥まで三本の指を差し込み、前を扱く手で裏筋と先端を重点的に往復させると、さらに飛び出す液体の量が増えて内腿ががくがくと震え出した。

「はぁっ、あっあっ、だめ、はっ、いく、ふぁ……っ、でる……っ」

「いいよ。見せて、京ちゃん」

後ろを掻き回す音が、部屋に響くくらいに濡れていた。指を食い締める動きが強くなり、声が上擦ってくる。一際肉襞がまとわりついてきたと思った次の瞬間、背中を反らして京介は絶頂した。きゅんきゅんと指を締め付けて、震える陰茎から精液を溢れさせる様は、絶景以外の何物でもなかった。

何度も何度も夢想した、京介の一番淫らな姿。極みに身を投げ出す様は、どんな妄想よりもいやらしく凄絶だった。

「……っは、は……、はぁ、はあ……」

ソファに沈んだ京介の陰茎から、とろとろと零れる精液が竿を伝って冬馬の手に落ちてくる。種を残すことを目的としない男のオメガの精液は、快感を得た証拠でしかない。極まった瞬間に冬馬の指を締め付けた動きは紛れもなく精液を欲しがっており、ここに自身の猛りを突き入れたら、と考えただけで身震いした。

四肢を投げ出し、快感の余韻から戻って来られない京介に対する激情は増すばかりで、もう我慢の限界だった。ベルトのバックルを慌ただしく外し、暴発しそうに膨らんだ陰茎を取り出す。京介に覆い被さり正面から抱きしめると、切っ先をひくつく穴に押し当てた。

「京ちゃん……っ」

「……ん、え……？　と、うま……、んっ」

恍惚と息を乱す京介にキスして舌を絡ませると、冬馬に合わせるように口が開く。懸命にキスを受ける京介の瞳がますますとろけて、同時に先端をぬかるんだ中に進めた。

「んっ、んぅ……、ふぁ、あっ、あぁ……っ！」

「……ッ、京、ちゃん……っ」

性急な挿入を、京介はのけ反って受け入れた。中は熱く、想像を遥かに超えて冬馬の剛直を締め付けてくる。肉厚の粘膜が蠢いて、まだ半分も入っていない冬馬を歓迎している。吸い込まれるようにして埋まっていく感覚が気持ち良すぎて、腰が勝手に奥を目指した。

「あっあ……っ！　ひ、あっ、だめ、まだ……っ、んあぁ……っ」

絶頂したばかりで刺激が強かったのか、京介はぶるぶると震えながら冬馬のカットソーの肩口をぎゅっと握り締めた。気遣う余裕はなくて、止めてやることはできない。それどころか甘く咥えこまれた竿から広がる快感が凄まじくて、歯を食いしばっていないと射精してしまいそうだった。

「はっ、あっ、うぅ……、ぁ……っ」

「……っう、……、京ちゃん……っ」

ぐちゅん、と濡れた音と共に根元まで挿入し、動かないことで絶頂の波をどうにかやり過ごす。中の粘膜が絶え間なく締め付けてくるので我慢するのに相当な体力と気力を使い、額に汗が滲んだ。突き入れただけでイッてしまいそうになるのは初めてで、このままでは長く持たない。京介とできるだけ繋がっていたいと思うのに、心も体もままならない。

夢にまで見た、京介とのセックス。気持ち良くて仕方がないのに飢えは一向に満たされず、欲だけが膨らんでいく。もっと、京介を自分のものにするためにはまだ足りない。奥まで犯し尽くして、孕むまで種付けしてやりたかった。

深く息を吐いて耐えていると、不意にカットソーを引っ張られて前のめりに倒れそうになった。中の位置が変わったことで陰茎に刺激が加わり思わず呻くと、京介からも甘い声が上がる。京介は震える手で冬馬の服を掴み、身悶えながらぽろぽろと涙を零していた。

「とう、ま……、はやく、……ッあ、動けよぉ……っ、奥、ついて、はやく……っ」

挿入したことで、京介の理性は完全に飛んでしまったようだった。赤裸々（せきらら）な要求を受けて、また暴発しそうになるのを堪えるのは一苦労だった。発情期のせいだとわかっていても、京介からこんな台詞（せりふ）が聞ける日が来るなんて夢にも思っていなかった。心臓が壊れそうなほど激しく鳴って、思考が真っ赤に染まる。思わず叫び出しそうになるくらいに、京介に求められた事実に震えが走った。

「きょう、ちゃん……！　好き、好きだ……ッ、俺のものだ……っ！」

「んあ……っ！　アッ、ひぅ……っ、あぁっ、とうまっ」

奥まで差し込んだ肉棒をさらに奥までくん、と押し込めると、京介は目を見開きあられもない声で鳴いた。絡みつく粘膜に逆らって引き抜き、また奥まで突き上げる。京介はひとつひとつの動作に反応し、打ち震え、快感しか得ていないようだった。それが愛おしくて何度も繰り返し突き上げてやると、可哀想なほどに感じ入って涙を散らした。

「あ……あっ、んっ、んあっ、ぁあー……っ」

腰を打ち付けるたびに中が悦んで、冬馬を奥へ誘い込む。そのうちに京介の気持ち良い場所がわかってきて、冬馬はそこを重点的に擦り上げた。腹側のふくりとした感触の一点と、直腸の先にあるオメガの性器の最奥。そこを亀頭で不意に小刻みに揺すぶってやると、京介は身悶えて感じる。京介の反応を見ながらの責めは自然とゆるいものになり、それがかえって感じすぎて辛いようだった。

「あ、ふぁ……っ、だめ、あっあっ、ひぁっ」

京介は声を裏返しながら首を振る。淫らな嬌声と共に唾液が溢れ、唇も頬もびしょびしょだ。

「ンッ、いい、あっう、……っ、と、うま……、すご、っあ！　あ……っ、んぁっ」

揺さぶられながら冬馬を呼ぶので、下半身にさらに熱が漲ってしまう。快感に抗わずよがり狂ってしまう京介は危うくて、発情期のせいだとしても怒涛のように煽られた。

「ハァ……っ」

唇に噛みつくと、舌を突き出してくるのがたまらない。このままもっと狂わせたくて、キスしたまま腰の動きを速める。覚えたばかりの京介のいいところを狙って亀頭を押し付けると、口の中でくぐもった甘い声が上がった。上と下、両方の粘膜で繋がった悦びに歓喜しながら夢中で腰を振り、一気に性感が高まっていく。限界がすぐそこまで迫っていた。

「ふ、んん……っ、んぁ、あっ、と、ま……っ、とうま……っ」

「……っ、う、く……っ、京ちゃん……ッ」

ピストンのたびに鳴るぐちゅぐちゅという水音が大きくなり、中の締め付けが増して我慢なんてできなかった。冬馬の弱いところをわかっているんじゃないかと思うくらい、中の粘膜が精液を絞り取ろうと蠢く。せり上がってくる射精感に抗うことなく京介の最奥に射精するためにぐんと腰を突き出すと、京介が応えるように冬馬の腰に足を巻き付けた。

――京介も、種付けされたがっている。

灼け付く思考の中で強烈に思った直後にぶつん、と張り詰めていた何かが切れ、気が付いたら京介の首筋に噛みついていた。

「……うっ、ふ……っ、……ッ！」

「あぁ……っ、ひっ、んあ、あぁー……っ！」

びくんと京介が背中をしならせ、歯が皮膚を突き破る感触の後に、血の味が口に広がる。

同時に物凄い勢いで尿道から精液が迸り、京介の奥へ飛び出していった。落雷のような快感が背骨を走り、腰が勝手にわななくのを止められない。強烈な射精に頭の芯が痺れるのに、余すことなく中へ出し切るために無意識に中に剛直を擦り付けていた。柔らかな中がこれでもかと締め付けて、吐き出したあとも冬馬を離してくれなかった。

「ハッ、ハァ……っ、は……っ」

こんな射精は初めてで、余韻が去らずに屹立が中でまだ疼いている。脳天を突き抜けるような快感に頭が真っ白になり、怖いくらいに気持ちが良かった。全身が汗だくで、息が苦しい。思考がどろどろに溶けて何も考えられず、繋がったまま動くことができなかった。

そして、荒い呼吸の中気付いたのは、鼻につく鉄の匂い。それは京介の首から滲む血の匂いだった。自分で噛みついたことを思い出すのに数秒を要し、目の前の噛み跡を確かめた瞬間に言葉を失った。赤い鮮血と、くっきりと残る噛み傷。京介はくたりとソファに沈んでおり、絶頂して気を失ったようだった。

目の前に広がる光景に、心臓が痛みを伴って鳴り出し、思わず口元を手で覆う。射精したことで冷静さを取り戻した頭が状況をひとつずつ理解していき、目の前が暗くなる。

——なんてことをしてしまったのだろう。

妄想ではない、京介の体温と汗の匂い。吐き出される息は熱く、繋がった場所がドクドクと脈打っている。腕の中の京介は間違いなく本物で、今起こっていることは夢でもなんでもなく、現実だった。

発情期になった思考もままならない京介を、冬馬は犯したのだ。

それだけにとどまらずに首に噛みついた。番にはなれないのに、自分のものにしたいという欲求のためだけに。京介のフェロモンが効かない冬馬に言い訳のしようもなく、これは発情期に乗じたレイプ以外の何物でもなかった。

「……ッ！」

繋がったままのそこはまだ熱く、体を起こすと中に出した精液が溢れ出した。避妊どころか孕ませるつもりで出した白濁がソファに落ち、絶望的な気持ちになる。絶対にしてはいけないことをしてしまった。

ぎこちない動きで挿入していた陰茎を引き抜くと、後孔からはさらに精液が漏れ出した。京介が小さく呻き、切ない息を吐きながら身を捩った。伏せられた睫毛が震え、まぶたがゆっくりと開いていくのを、冬馬はただ黙って見ていることしかできなかった。茶褐色の瞳が冬馬を捉え、視線がぶつかる。

「…………、冬馬……？」

小さな呟きに、冬馬はひゅっと息を呑んだ。今、冬馬を呼んだ京介は熱に浮かされた状態の京介ではなかった。いつもの、冬馬が恋い焦がれてやまない京介。一瞬のことだったのに、直感的にわかってしまった。

何も反応できずにいると京介は再び目を閉ざし、ソファに後頭部を擦り付けて身悶え始めた。発情期は始まったばかりで、京介は未だに情欲の渦の中にいる。

回らない頭で必死に思考を巡らせ、ソファから降りた冬馬は近くに落ちていたブルゾンを京介にかけた。そして、次に辺りを見回して目についた棚や引き出しを順番に開けていく。体が思うように動かずに苦労しながら探したのは、抑制剤だ。オメガである京介が、絶対に持っているはずのもの。

やっとのことで処方箋の袋を見つけ、中から錠剤を取り出して京介のもとへ戻る。京介はしどけない姿のまま、意識を半分飛ばしていた。ぼんやりした瞳は空を見つめているが、たぶん何も映していない。冬馬のブルゾンをぎゅっと抱きしめてもぞもぞと腰を動かし、荒く息をつぐ姿に胸が引き絞られるように痛んだ。

早く、抑制剤を飲ませてやらなければ。そう思うのに発情している京介にどうやって錠剤を飲ませていいのか、正常な思考が働かず判断できなかった。逡巡のあと、冬馬はようやくキッチンへ行き、グラスに水をついで戻った。

京介に触れるのを躊躇し、けれど他にどうすることもできずにそっと抱き起こす。京介はふわふわした表情のまま、冬馬に体を預けていた。

「抑制剤飲んで。……口、開けられる?」

冬馬の言葉に、京介は素直に口を開けてみせた。あまりの従順さに、驚くのと同時に不安になる。これまで会ったどの発情期のオメガよりも、京介は危うい。だけど、今の冬馬にそんなことを思う資格はない。

　錠剤を舌の上に置き、グラスを唇に押し付けると京介は抵抗することなく薬をごくりと飲み下した。続けて飲ませたのは、アフターピル——緊急避妊薬だ。処方箋の中に一緒に入っていた、望まない性行為をした時に妊娠しないための薬。

　これを見つけた時、冬馬は自分のしでかしたことの大きさを再確認した。もしも妊娠させてしまっていたら、京介のこれからの人生すべてに関わる。一時の激情に任せて、謝るだけでは済まされないことをしたのだ。

　京介を守りたいと思っていた自分に反吐（へど）が出る。傍にいられるだけでいいなんて、本当は微塵も思っていなかった。長年飼っていた歪んだ欲望がすべてだったんじゃないかと、自分自身にゾッとした。

　薬を飲み込んだのを見届け、グラスを置こうとした手を京介が掴む。力の入っていない手に拘束力はなく、けれど冬馬は凍り付いたように動けなくなった。

「とうま……」

　熱い吐息と共に名前を呼ばれ、罪悪感に全身が苛（さいな）まれる。京介を犯した張本人だというのに、その声は冬馬を責めるどころか甘えるような響きを持っていた。過（あやま）ちを犯してしまった事実を今更消すことはできないのに、この時間をなかったことにできたら、と強く思った。

「……京ちゃん、ごめん。ごめんな」

そっと手を外し、京介を抱き上げて向かったのは寝室。ベッドに京介を横たえ、離れようとする冬馬の手を京介がまた掴む。発情期でアルファを欲しているのだとわかっているのに、振り解くことができない自分を冬馬は心底嫌悪した。

ベッドの脇に膝を折り、両手で京介の手を握り締める。冬馬を見つめてくる潤んだ瞳が苦しくて、自責の念に胸が潰れそうだ。

「ごめん。酷いことして、ごめん……」

京介のことが好きだった。ずっと欲しくて、たまらなかった。

だけど、それがなんだというのだろう。

友達なんて思っていなかったくせに、本音を隠して傍にいた。今思えばその時点で間違いだったとわかるのに、一緒にいられるだけでいいと言い訳して離れようとしなかった。

本当は、そんなこと全然思っていない。いつだって京介がどうすれば自分のものになるのかを考えて、傍にいる理由を探していた。

以前に発情期がきた時に、冬馬から逃げた京介は正しかった。こんな卑怯でずるい男は、京介の傍にいてはいけない。フェロモンにあてられたわけでもないのに、自分勝手な嫉妬で我を忘れ、とんでもないことをした。

京介が冬馬の手を解き、伸ばした指で涙を拭った時に、自分が泣いていることに気が付いた。次々と溢れてくる涙を、京介は黙って拭う。

「……好きだ。本当に好きだったんだ。……ごめん」

ずっと抱えていた、冬馬の心を占領する感情。

言葉にしたことで、震えるほどにその気持ちの大きさを思い知る。泣き叫びたいくらいに、京介が好きだ。

でも、それがなんだっていうのだろう。冬馬の犯した罪は消えない。冬馬が京介にしたことは、紛れもなくレイプだった。

好きだというこの気持ちは、なんの免罪符（めんざいふ）にもなりはしない。

5

京介が芹沢冬馬という名前を初めて聞いたのは、高校の入学式だった。

首席で合格したというその生徒は中学の頃から有名人のようで、クラスメイトになった生徒が噂しているのを聞いた。

イケメンで頭が良く、スポーツも出来て家柄も申し分ない完璧超人。愛想はいいが人と深く関わることをせず、いつも一人でいるらしい。

話を聞いただけでは何もわからなかったし興味を持てず、その時は聞き流してしまった。冬馬と知り合ったのは、それからまもなくのことだ。

冬馬が名乗るまで、目の前の男子生徒が「芹沢冬馬」だと気付かなかった。何しろ冬馬が京介に突っ込んできたのが始まりだったし、慌てている様子が人づてに聞いたイメージとはかけ離れていたからだ。小説に感動した京介が感想を捲し立て、それを受けて笑った冬馬の顔は人嫌いには到底見えなかった。

出会いから距離が縮まるのは、早かった。きっかけは冬馬が書いた小説だったけれど、人柄を知るうちに冬馬のこともすぐに好きになった。冬馬と関わるようになって生まれた感情は、たぶん両手では足りない。

冬馬は人目を引く整った容姿とは裏腹に、少し臆病で心優しい男だった。なんでもそつなくこなすかと思えば意外なところで不器用で、周囲の評判とはまったく違うその姿を好ましく思ったのは、そんな一面を見せてくれるのが自分だけという優越感もあったのかもしれない。図書室の外で、貼り付けたような笑みを浮かべる冬馬の姿は別人のように思えた。京介の前では、あんなにも表情が豊かなのに。

冬馬は人当りもよく穏やかな反面、周囲に馴染もうとしていなかった。冬馬に憧れる少なくない数の生徒がどれだけ近付こうとしても、冬馬はやんわりとそれを躱（かわ）し上手い具合に距離を置く。それが何故なのか最初はわからなかったけれど、冬馬の隣にいるうちになんとなく理解していった。冬馬を特別な存在だと信じてやまない人達――同級生や教師が、一歩引いたところから冬馬を見ているからだった。それに拍車をかけていたのが冬馬の口下手で、天才の考えていることはよくわからないと言われているのを聞いたことがある。冬馬の持つ独特の雰囲気も相俟（あいま）って、本人の望まないところで特別視され、距離を置かれてしまっていたのだ。

だけど冬馬は特別でもなんでもなく、京介と同じただの高校一年生の少年だった。だからこそ周りからの特別扱いを嫌い、いつしか人間関係を諦めてしまったのだと思う。

友達になったばかりの頃は冬馬のそんな性質を歯がゆく思い、お節介を焼こうとしたこいるようになった。

ともあった。だけど、冬馬自身がそれを望んでいないとわかってからは、ただ黙って傍にいるようになった。

京介のことを生まれて初めてできた友達だと言い、心を開いてくれるのは単純に嬉しかったし、そんな冬馬を可愛いと思った。京介が部活仲間やクラスメイトと話している時の冬馬がこちらに向ける視線はまるでおもちゃを取り上げられた子供みたいで、そんな時は冬馬を抱きしめてやりたくなった。誰にも尻尾を振らない大型犬に懐かれたような、そんな感覚だったと思う。

冬馬が特別な存在になるのは必然だった。あの日、図書室で偶然冬馬の小説を見なければお互いに存在をろくに認知しないままだっただろうけれど、でもきっといつかどこかで出会って冬馬と友達になっていた、そんな気がする。根拠も何もない、ただの妄想でしかないけれど。

冬馬に対する気持ちが友情の枠をいつ越えたのか、正確にはわからない。始めからだったかもしれないし、冬馬が京介のオメガ性を受け入れてくれた時からかもしれない。だけどそんなことはどうでもよくて、京介は自身の中に芽吹いた感情から目を逸らすことに必死だった。

オメガである京介にはアルファの許婚がいて、発情期を迎えたら番になることが決まっている。だから、気付いてはいけなかったのだ。

自覚するのは恐ろしかった。純粋に京介を慕ってくれている冬馬への、そして何よりも番となる相手、直哉への裏切りになってしまう。そんな心持ちで隣にいたこと自体が間違いだったけれど、だからこそどうしても、冬馬への想いを認めることはできなかった。

発情期が来たら、直哉の番となる。それは京介自身が決めたことだったから。

許婚である浅見直哉は親戚のアルファで、小さな頃からよく知る存在だった。老舗の造り酒屋を代々経営する京介の家は従業員がほぼ親族で構成されており、親戚同士の繋がりが強かったのだ。

家は三軒隣、一回り年上で顔は知っていたものの話したことはほとんどなく、寡黙で何を考えているのかわからない人だった。眼鏡のレンズ越しに覗く瞳が冷たく映り、小さな頃は少し怖かったくらいだ。

直哉と許婚となると聞かされたのは、京介がわずか八歳の時。

片田舎の小さな町ではオメガは恥とする風潮が強く、発情期を迎える前にあらかじめ番を決めておくのが慣習だった。幼い京介は番の意味もよくわからず、まるで現実味がなくて他人事のように思えていた。ひとつわかったのは、京介の意思は関係ないということ。

京介は三兄弟の末っ子で、家族で唯一のオメガだった。アルファが多い家系ゆえに、オメガの京介を持て余しての早い段階での縁談だった。

直哉が相手に選ばれたのは、生まれつき心臓が弱く、家業を手伝うことが難しかったからだ。同じように持て余されて、親族同士の話し合いで京介と直哉は「片付け」られたのだった。

直哉の立場で考えれば、男の子供を勝手に番にあてがわれて迷惑だっただろうと思うのに、直哉は京介を一度も無下にしたことはなかった。それどころかとても大事にしてくれて、家での居場所がなかった京介の拠り所になるのに時間は掛からなかった。

許婚になった後も直哉はやっぱりあまり笑わなかったけれど、優しく情の深い人だった。そして、直哉はオメガの京介を憐れんだりせずに、一人の人間として扱ってくれた人でもあった。

将来は警察官になりたいという京介の夢を聞き、オメガが警察官になるリスクやそれを回避する方法、そして目指すために必要なことを教えてくれ、応援してくれた。前に姉に警察官になりたいと言った時、オメガにはなれないと否定された京介には、まるで救世主のように見えた。

オメガの不利を減らすため、偏差値が高くブランド力のある県外の高校に通えることになったのも直哉の助力があってこそだった。すでに上京していた直哉と共に暮らすことで家を出る同意を得られたし、オメガの自分が警察官への道を目指すことができたのだ。

直哉から貰ったものは、数えきれない。居場所を与えてくれたこと。家族から疎まれたオメガ性ごと、受け入れてくれたこと。そして、生きるために必要な知識を与えてくれたこと。

感謝してもしきれない。直哉は京介の恩人だった。

中学に上がる頃にはもう、直哉の番になることに躊躇いを感じることはなくなっていた。直哉が好きだったし、そうなるものだと納得していたから。京介にとって直哉は尊敬できる兄のような存在で、そのパートナーになれることを誇りにさえ思っていた。

だから、冬馬と出会ったことで知ってしまった感情は京介を打ちのめしたのと同時に、一生大切にしようと思えるものになった。冬馬が笑うと嬉しくて、優しくされると胸が痛くなる。冬馬の隣にいられることが幸せで、毎日が楽しくて仕方がなかった。

自分には一生縁のないことだと思っていた、恋を知った。

それだけで、充分だったのだ。

初めての発情期を迎える直前の、冬休み。直哉が不意に発した言葉を、今も時々思い出す。雪のちらつく寒い日で、直哉は窓辺で遠くを見つめていた。

「もっと、自由に生きていい。僕のところに留まる必要はないんだよ」

最初は、自分が直哉の番になることを未だに納得していないと勘違いをしているのだと思った。もしくは直哉に、好きな人ができたのかと。

でも、どちらも違った。直哉は京介が恋をしていることを知っていたのだ。だからきっと、そんなことを言った。

京介が返答を迷うことはなかった。ずっと決めていたから。直哉と番になること。そして体の弱い直哉を支えて生きていくことを。

今の京介が在るのは直哉のおかげで、直哉がいなかったらもっと惨めなオメガとして生きるしかなかった。恩人というだけでなく、京介は直哉の孤独に寄り添える存在になりたかった。だから直哉を置いていくことは、絶対にあり得ない。

そして、京介は自分を見つめる直哉の瞳にこもった熱の意味がわからないほど、鈍感ではなかった。

素直な気持ちを伝えると、直哉はしばらく黙った後に小さな声で「そうか」と言った。

発情期が訪れて、直哉と番になったのはまもなくのこと。初めて触れた直哉の体温は、あたたかで優しく深い海のようだった。

あの頃、冬馬が口癖のように言っていた「俺も番が欲しい」という言葉。少しだけ寂しくて、けれどいつか冬馬に番ができた時は心から祝福したいと思っていた。冬馬の幸せを、願っていたから。

卒業と同時に冬馬が姿を消した時、ショックだったのと同時に心のどこかでほっとしている自分がいた。冬馬に番が見つかるのを応援していたのは本当だけど、目の当たりにするのは怖かったのだと、その時に知った。

不定期に発行される冬馬の小説だけが唯一の繋がりになり、時間が経つにつれてもう一生会えないのだろうと悟った。でもきっと、それでいい。傍にいれば、この恋心が消えてなくなる日が来ないような気がしたから。冬馬のことは、高校三年間の思い出として生涯大切にすることを決めた。

それから十年。再会は突然だった。

変わらない笑顔、声、仕草、視線。すべてが懐かしくてもう一度会えたことが嬉しくて、現実であるのかさえ最初は疑った。都合の良い幻を見ているのかもしれないと思ったほどに。

そうして一緒に過ごす時間が増え、あの頃の気持ちが甦っていくのを京介は後ろめたい気持ちを覚えつつも静観していた。直哉と仕事を失い、途方へ暮れていた時、冬馬が隣にいる日々がどれほど救いになったかわからない。

まだ自分が冬馬の「特別」であることが嬉しかった。存在を認めてくれるだけでなく、何もない自分を必要としてくれたことも。ずっとこんな日々が続けばいいと願ってしまうくらいに、冬馬との時間はかけがえのないものになった。

その考えが甘い幻想だと思い知らされたのは、冬馬と再会してから迎えた発情期。

あの日、本当はまだ発情期の時期ではなかった。冬馬に誕生日を祝われて嬉しくて、近付いた距離にキスされるのかと勘違いして、体が勝手に反応してしまった。

オメガには珍しくない、好きな相手や強いアルファに近付いた時に起こる、突発的な発情期。あの時京介は紛れもなく冬馬の子種を欲しがり、発情した。他のオメガと冬馬の繋がりを知った焦りもあったのかもしれない。

その証拠に、自分を心配してくれた冬馬に何かできることはないか、と言われた時、京介は恥も外聞もなく、抱いてくれと言いそうになった。

冬馬とどうにかなりたいと考えていたわけじゃない。なのに、心の奥底でそんな浅ましい願望を抱いていたことに、その時気が付いてしまった。

冬馬は運命の番を探している。だから、もう誰とも番えない自分は相応しくない。そう理解していてなお、勘違いをしそうになっていた自分が恥ずかしく惨めだった。

そして何よりも、直哉が死んでまだ一年と経っていないというのに、冬馬に心揺れている自分が薄情に思えて、許せなかった。

実家に帰ることを決めたのは、冬馬から物理的に距離をとるためだ。就活が上手くいかなかったことも本当だけれど、近くにいれば、また発情期がきた時に冬馬を欲しがってしまうと思った。

抱いて欲しいと言ったら、京介を大切に思ってくれている冬馬はきっと断れない。そんな予感があった。そんなことは、絶対にさせてはいけない。

運命の番を探している冬馬が、幸せを掴めるように。

二度目に発情期になったあの日、冬馬に抱かれた時のことを、繰り返し夢に見る。胸を衝くような、満ち足りた残酷な時間。

冬馬の願いを守りたい気持ちも直哉への罪悪感も彼方へ飛んで、互いを求めて抱き合った。発情期の熱に浮かされていたのだとしても、あの時京介は確かに幸せだった。

＊＊＊

合鍵で玄関扉を開け、家中の窓を順番に開けていく。掃除機をかけ、布団やクッション、座布団を庭に干すとすることがなくなり、京介は縁側に座り込んで晴れた空をぼんやりと見上げた。

冬馬がいなくなって、三ヶ月。京介はこうしてたまに冬馬の家を訪れ、家が傷まないように空気を入れ替えている。家主不在の家は広く静かで、一人でいると心許(こころもと)ない気持ちになる。もうすぐ春が来るというのに家の中は寒く感じて、ここだけ時間が止まっているみたいだった。

冬馬に会ったのは、体を重ねた雨の日が最後だ。あの日の発情は症状が強く、記憶が飛んでいる部分もあったが冬馬と体を繋げたことはちゃんと覚えている。抱き合って、求め合って、愛し合っているかのような気になった。錯覚かもしれなくてもあの日のことが忘れられず、冬馬の家を訪れては気配を探してずっと帰りを待っている。

翌朝、目が覚めた時に冬馬の姿はすでになかった。セックスしてどろどろになったはずの体は綺麗になっており、京介はきちんとベッドに収まっていた。それだけでなく、前日に痛めた足には湿布が貼られ包帯で固定してあり、首筋の傷には絆創膏が貼り付けられていた。発情中の朦朧とした頭では深く考えることはできなくて、症状がすっかり収まった五日後に、ようやく冬馬と連絡がつかないことに気が付いた。家を訪ねてもおらず、電話にもメッセージにも折り返しがない。冬馬がまた失踪したのだと理解したのは、体を重ねてから二週間後のことだった。

姿を消してしまったことが信じられなくて、京介は困惑した。冬馬にとって、セックスしたことは後悔すべきことだったのだろうか。顔を合わせたくなくなるような出来事だったのだろうか。でも、京介は覚えている。冬馬が、好きだと言ってくれたことを。何度も何度も好きだと言った冬馬を、夢や妄想だなんて思いたくなかった。

「……バカ野郎。冬馬……」

あの日のことを思い出すと、体の芯に甘く狂おしい熱が灯る。冬馬に抱かれた感触が甦り、発情期でもないのにお尻の奥が疼いて溜め息が零れるのだ。大きな手の平も、濡れた唇も、熱い滾りが中を暴く感覚も、全部が忘れられない。絆創膏の下に残されていた噛み跡を触ることが、最近の癖になってしまった。

冬馬の行方に関する手がかりは皆無に等しく、現状こうして自宅を見に来ることしかできない。在宅で仕事をしていた冬馬の交友関係をほとんど知らず、これまで冬馬が本を出した出版社の担当編集と話ができないか問い合わせてみても、一ファンとしか思われずに無視されてしまう。一社だけ運よく編集者と話すことができたけれど、しばらく会っていないとのことで収穫はなかった。

高校時代の恩師や、近所のスーパーの店員等、冬馬を見かけていないか、思いつく限りの聞き込みをしたけれど何もわからず、イケメン小説家として顔が知られていることを鑑みてSNSで冬馬の目撃情報を探しても、手掛かりは見つからなかった。

もう、本当に会えないのだろうか。

不意に、そんな不安が生まれて無性に泣きたい気持ちになった。直哉が死んだ時も感じた、世界にたった一人取り残されてしまったような感覚。大切な人を失うのは、もう嫌だ。たとえもう二度と会えなくても、後悔だけはしないように最後まで諦めたくなかった。

不安を振り切るように首を振り、手繰り寄せたバッグから一冊のノートを取り出す。

古ぼけた表紙を撫で、一ページ目を捲る。中に書き込まれている文字は直哉のもので、罫線に沿って整然と並ぶ様は直哉の生真面目な性格を顕著に表していた。書かれている内容は、京介にはわからないバース性の研究のことばかり。けれど数ページごとにほんの数行、日記のような走り書きがあって、直哉の生きていた証を感じることができるのだ。

このノートの存在を知ったのは、先月の一周忌。直哉の実家で執り行われた法要の後、直哉の母親から譲り受けた。

段ボール箱いっぱいのノートを見せられた時は戸惑ったが、直哉の部屋の整理をした際にノートの中の走り書きを偶然見つけ、どうしても京介に渡したいと保管していてくれたらしい。日記の内容の多くが、京介のことだったからだ。

直哉の部屋で一人、ノートの中からゆっくりと直哉の欠片を探す時間は不思議な感覚がした。直哉がまだ生きているような、走り書きがこれからも増えていくような、直哉の思いがそのままに書かれていたから。

内容は様々で、古いものには番になることが決まった時の生々しい困惑や、京介に対する同情が綴られていたりした。けれど読み進めていくうちに、京介が読んだ本のことや、転んで膝を擦りむいたこと、おやつのおはぎを残したこと等、他愛もない内容が増えていった。甘いものが好きなのにあんこが嫌いなのはどういうことか?　という一文を読んだ時は笑ってしまったが、それだけ直哉が気にかけてくれていたという証拠だった。

一番新しいノートにはオメガが警察官になるための方法を調べた形跡と試験内容の分析が何ページにも渡って綴られており、そこでノートは終わっていた。大学を卒業し、研究所に就職したことで実家を出たためだろう。引っ越し先は京介が今も暮らすマンションだから、未だ整理できていない直哉の自室を探せば同じようなノートが出てくるのかもしれない。だけど、京介にはこれだけで充分だった。

感情の起伏や表情が乏しく時々何を考えているのかわからなかった直哉だったが、ノートを読んだことで、多くの瞬間に取りこぼしていた直哉の気持ちがわかった気がした。大切にされていたことを改めて感じ湧き上がった思いは涙になり、ノートを捲るごとに心の隅にあった虚ろな悲しみの中から掬い上げられた。

一冊だけ持ち帰ってきたノートをパラパラと捲り、目当ての走り書きを見つけて指でなぞる。京介がまだ小学生だった頃に書かれたと思われる、京介が自由に生きるには、という一文。それは、生前の直哉が何度も口にしていた言葉で、それ以降のノートにも同じ文章が書かれていた。

すべてのノートに目を通し、数日。京介が辿り着いた結論は、故郷に帰ることをやめ、冬馬ともう一度向き合うということだった。

自由に生きること。直哉が何よりも望んだ未来を歩くならば、京介は冬馬と共にあることを選びたかった。

冬馬が好きだと言ってくれるなら、その手を取りたい。番にはなれなくても、きっと幸せにしてみせると冬馬に伝えたいのだ。だから、冬馬が生きている限り、絶対に諦めたくない。きっとどこにいたって見つけてみせる。

気が付くと日が傾き始めていて、ノートが淡いオレンジ色に染まっていた。ノートをバッグにしまい、京介は立ち上がる。庭に干していた布団を取り込み、窓を閉めて冬馬の家を出た。帰り道を歩きながら思い出すのは、冬馬の笑った顔だった。高校の頃から変わらない京介に向ける柔らかくて優しい笑みを、もう一度見たかった。

自宅マンションに着き、習慣でエントランスのポストを開けると中に珍しく小包が入っていた。何か頼んだ覚えはないので不審に思いながら手に取り、宛名を確認して目を疑った。そこに並んでいた文字が、冬馬の書く字にそっくりだったのだ。

急いで封を切り中身を確認すると、そこには分厚い紙の束が入っていた。幻の花、という字の下には芹沢冬馬と書かれてあり、心臓が大きく鳴り出す。たぶん、これは冬馬の書いた小説だ。ページをめくり、綴られた文章を読んで確信する。

他に何か入っていないか、封筒の中を覗いて京介はまたもや驚いた。封筒の底に、うさぎのストラップが入っていたのだ。バース性研究所のゆるキャラのそれは、あの日公園でなくしたものだった。もともと汚れていたのがさらに汚れていたけれど、間違いなく京介のうさぎだ。

「……冬馬……」

あの後、公園中を捜したけれど見つからずすっかり諦めていたのに。冬馬が捜してくれたのだろうか。うさぎを落としたことを知っているのは冬馬だけだから、きっとそうだ。

驚きと共に生まれてくる自惚れを、京介は信じたかった。

封筒の中身は小説とうさぎだけで、メモの一枚も入っていなかった。だけど、消印が都内からのものだとわかっただけでも大きな収穫だった。冬馬はまだ、近くにいる。以前のように海外に行っていたら絶望的だった。

いてもたってもいられず、消印の郵便局の場所を調べてすぐに向かった。郵便局は京介のマンションから電車で三十分ほどの小さな支局で、入り組んだ路地の先にあった。着いた頃には窓口は閉まっており、落胆しながらまた明日出直すことにする。暗くなった街を歩きながら冬馬がここにいるのかと思ったら、大声で名前を叫びたい気持ちになった。

駅までの道の途中、店の明かりが目に入って京介は足を止めた。そこはアンティークの木製扉が目を引く古風な喫茶店だった。冬馬はコーヒーが好きなので、喫茶店を訪れている可能性が高い。まだ営業しているようで、聞き込みをするために立ち寄ってみることにする。縋るような思いで扉を開け、ドアベルの音と共に店に入ると若い男のバリスタがカウンター越しに笑顔で迎えてくれた。

「いらっしゃいませ。お好きな席へどうぞ」

「あの、聞きたいことがあるんですが」

京介の言葉にバリスタは人の好さそうな顔ではい、と答えた。

「この店に、芹沢冬馬は来たことがありますか。小説家の」

「……えっ」

　バリスタの反応に京介は期待を持つ。知らなければ相応のリアクションをするはずなので、少なくともこの人は芹沢冬馬を知っている。

「ええと、お客様のことに関してはプライバシーがありますので、お答えしかねます。申し訳ありません」

　頭を下げられて、京介は焦った。完全にファンだと思われて警戒されてしまった。それでもここで引き下がる訳にはいかない。

「待ってください、名乗りもせずにすみません。俺は宮城京介って言います。冬馬の高校からの友人で……、って言っても信じてもらえないかもしれないんですが、冬馬のこと捜してて」

「……あっ?」

　急にバリスタが閃(ひらめ)いたように声を上げたので驚いた。心なしか目を輝かせたバリスタは、カウンターから少し身を乗り出した。

「もしかして、『京ちゃん』さん、ですか?」

「――えっ、ハイ!　そうです。冬馬にはそう呼ばれてます」

「ああ、そうなんですね!　初めまして、芹沢さんからお噂はかねがね聞いております。うわあ、お会いできるなんて感激です」

カウンター越しに手を差し出されてつい反射的に握手してしまったが、予想外の展開にまったく付いていけなかった。でも、やはり冬馬はこの喫茶店を訪れていた。その事実だけで、胸がいっぱいになる。冬馬の影をようやく捉えることができたのだ。

バリスタは春川修司と名乗り、詳しく話を聞かせてくれた。冬馬がこの喫茶店の常連であること。来店の頻度にはばらつきがあり、連続して来る日もあれば、数週間姿を見せない時もあること。そして、最近では一昨日の夕方に来ていたことを。

一昨日ということは、冬馬は喫茶店に立ち寄った日に郵便局から小説の原稿を送ったのだろう。

詳しい事情は生々しくて話せなかったが、とにかく冬馬の行方を捜していることを伝えると、次に来店したら連絡をくれることになった。警戒から一転、いやに協力的なことに戸惑っていると、修司は笑ってこう言った。

「芹沢さん、いつも京介さんの話をしてるんですよ」

「……そうなんですか」

「はい。だから、俺もいつの間にか勝手に親近感湧いてしまって。でも、本当に芹沢さんのお話通りの方ですね。秋入梅読み返したくなっちゃいました」

「え？　秋入梅？」

「……あ、いや！　すみません、なんでもないです」

冬馬の著書である『秋入梅』が急に話に出てきて、京介は不思議に思う。慌てた様子の修司と相俟って、なんだかとても気になった。

「どういうことですか？」

「あ、ええと、俺の口からは言えないです……。できれば今のは忘れてください」

あまりにも誤魔化すのが下手で余計に気になってしまったが、もう一度訊ねても同じ返答だったので、これ以上追及することは諦めた。それにしても冬馬が外で自分の話をしていたのは意外で、でもどうやら本当のことらしい。冬馬が何を思って修司に自分のことを話していたのか、秋入梅を読めばわかるのだろうか。未読の恋愛小説は、発売日に買ったままずっと京介の部屋にある。

「余計なこと言ってすみません。でも、芹沢さんと会えるよう、全力で協力しますので」

「ありがとうございます。助かります」

気になることは増えたものの、事態は大きく進展した。冬馬をやっと見つけられそうなことに期待と不安が入り混じる。今夜はたぶん、眠れない。喫茶店へ立ち寄ってみて、本当に良かった。

修司と連絡先を交換して店を出ると、夜空には白い月が浮かんでいた。

店の外まで見送りに出てくれた修司を振り返り、京介はあることに気が付いた。修司は恐らく、オメガだ。どうしてか、昔から同じ性別のオメガはなんとなくわかってしまう。

店でカウンター越しに話していた時は気付かなかったけれど、近い距離で落ち着いて向き合えば、修司は自分と同じ匂いがした。バース性はデリケートな話題なので、初対面で確認することはできないけれど。

「じゃあ、ありがとうございます。よろしくお願いしますね」

「あ、ありがとうございます。芹沢さんがきたら必ず連絡しますね」

頭を下げて帰路につき、京介は胸に広がるもやもやとした気持ちを自覚した。歩きながら必死で不穏な考えを振り払い、そんな自分に苦笑いした。まさか冬馬と修司の間に何かあるんじゃないか、なんて。

番を探していた冬馬がオメガと関係を持つことは普通のことで、おかしなことは何もない。女性のオメガが冬馬の家に乗り込んできた時だって、驚きはしたけれど大人なのだからそれくらいあっても不思議じゃないと思えた。

なのに、今はどうしてか焦りを感じてしまって、仲の良さそうな話しぶりにみっともなく嫉妬を覚えた。

途端に冬馬が自分を好きだと本当に言ったのか自信がなくなり、あれは全部夢だったのかもしれないという不安に変わる。こんな思考は自分らしくないと思うのに、どうしても止められない。でもきっと、これが「好き」という感情なのかもしれない。

不安に飲み込まれそうになっていることを自覚し、雑念を振り払うために頬を叩く。今はただ、冬馬に会いたい。それだけでいい。

＊＊＊

修司から連絡がきたのは、二週間後の夜だった。

その日、京介は元上司である城崎の自宅にいた。奥さんの手料理をごちそうになり、三歳になる双子の遊び相手をしていた最中だった。修司からの着信を見て急いで電話に出ると、用件はやはり冬馬が来店しているとの連絡だった。

閉店時間ぎりぎりに姿を現した冬馬がテイクアウトのコーヒーを買って帰ってしまいそうになったのを、理由をつけて引き留めてくれているらしい。

事情を知った城崎の、車を出してくれるという申し出を断り、京介は電車に飛び乗った。今の時間では渋滞は避けられないだろうし、往復の時間を考えると迷惑はかけられなかった。最寄り駅から店への道のりを全力疾走し、ようやく辿り着いたのは約一時間後。喫茶店の扉にはクローズの看板がかかっていたが、灯りはついたままだった。乱れた息を整えながら、汗だくの額を拭う。走っただけではない心臓の爆音を聞きながら、京介はこれ以上ないほど緊張していた。

扉を開けると響く、ドアベルの音。中を覗くと修司が気付き、京介を見て笑顔になった。頭を下げ中に入ると、店の奥に見慣れた背中が目に入る。

テーブルに突っ伏して、眠っているのだろうか。動かない男は間違いなく冬馬だ。その姿を見ただけで胸がぎゅうと苦しくなり、握りしめた拳が震えた。

「京介さんごめんなさい。うちのじいちゃん……マスターが芹沢さんを引き留めるのにワイン出して、さっき寝ちゃったんです。疲れてたみたいなので、酔いが回ったのかも」

「大丈夫です、問題ありません。本当にありがとうございました」

冬馬の向かいに座っているマスターと修司、両方に深く頭を下げて、京介は冬馬の横に立った。すやすやと眠りこけているその顔色は悪く、少しやつれていた。ろくに食べていなかったのだろう。身なりはきちんとしているが、一体どこでどうやって生活をしていたのか。

「冬馬」

少し掠れてしまった声は、小さかった。けれど冬馬のまぶたがぴくりと震え、緩やかに持ち上がっていく。視線がぶつかると冬馬は数回まばたきをして、それから顔を綻ばせた。

「……京ちゃんだ」

そう言って冬馬は立ち上がり、ゆっくりとした動作で京介を抱きすくめた。冬馬の匂いと体温に、湧き上がったのは困惑ではなく安堵。

ずっと会いたかった。

その存在を全身で感じ、冬馬が生きていることを実感して胸の奥が熱くなった。

「会いたかった、京ちゃん」

うっとりと呟いた声に、だったらどうして、という理不尽さを感じる。再会の喜びと、今まで心配をかけたことへの怒りは別だ。顔を上げ、そのおでこに渾身のデコピンを食らわせると、冬馬は痛い、と呻いた後に不思議そうに京介を見た。

「バカ野郎。帰るぞ、冬馬」

「……うん。そうだね」

頷いた冬馬はふにゃりと笑う。まだ酔いが覚めるまでに時間が掛かりそうだ。それでもいい。もしも素面の状態だったら、こんなに素直に一緒に帰るなんて言ってくれなかった気がする。

修司とマスターにもう一度頭を下げ、後日改めてお礼に来ることを決めて店を出た。夜の少し冷たい風が頬に触れて、走って体温が上がった体に心地良い。冬馬はふらふらと足元が覚束ない様子ながら、なんだか上機嫌だった。

「京ちゃん」

呼ばれたのと同時に頬を両手で包まれて、至近距離から顔を覗き込まれる。じっと見つ

められて何事かと思っていると、冬馬が真顔で「かわいい」と言ったので驚いた。

「すごく、かわいい……」

「バカ言うな。そんなわけあるか」

「京ちゃんはかわいいよ。格好良くて、かわいい。知らないの？」

「……酔っぱらいだったな。そういえば」

顔を固定されたまま数秒。また抱き締められてしまい、京介は振り解くこともせずされるがまま身を委ねた。道端で抱き合うなんて普段なら絶対にしないけれど、見ているのが月だけだから、と自分に言い訳する。

「……おい、冬馬。帰るんだろ」

「京ちゃん、良い匂いするね」

「バカ、汗くせえだろ。嗅ぐな」

京介が焦って離れようとするのを、冬馬はがっちりと掴んで離さなかった。髪に顔を埋めてすんすんと匂いを嗅がれるのを、なんとも言えない気持ちで受け入れる。今の冬馬にはきっと何を言っても無駄だ。だけど、この振る舞いは冬馬の素の気持ちの表れであると信じたかった。友達と呼ぶには近い距離に、熱っぽい言葉や仕草。目の前の冬馬を見ればセックスしたことを後悔して姿を消したわけではないと思えるのに、確信するまでに至らないのはもしもそうではないと言われた時に、これ以上ないほど傷付く自分が想像できるからだった。

ひとしきり抱きしめられた後ようやく解放されたかと思ったら、今度は手を握られた。歩き出した冬馬に手を引かれ、静かな夜の道を行く。駅とは反対方向だったのに何も言わなかったのは、二人でしばらく歩くのも悪くないと思ったからだ。

通りに人影はなく、世界で二人きりになったみたいだった。時折遠くから高架線を通る電車の音が聞こえてきて、星の少ない夜空に響いた。

「なあ、冬馬」

呼び掛けにこちらを見た冬馬はまだ目がとろんとしていて、酔っぱらっているのは明白だった。だけど、どうしても聞かずにはいられなかった。やっと、会えたから。

「あの小説、どういうつもりだよ」

冬馬が送ってきた、小説の原稿。京介のうさぎのストラップと共に送ってきたことに、意味がないわけがない。

連絡を待つ間に読んだそれは、ある男の生涯をおとぎ話風に描いた長編作だった。幻の花を探して旅をする男が、苦境に立たされながらも前向きに生き、幾多の苦難を乗り越えてハッピーエンドで終わる物語。モデルは恐らく京介で、幻の花を求める男と自分が重なる場面がいくつもあった。幸せを祈っているとでも言いたいのだろうが、そんなメッセージは受け取れない。

「俺は、幻の花なんかいらない。……大切なものは、もっと他にある」

冬馬から笑顔が消え、京介を見つめる瞳に悲しみが浮かぶ。けれどすぐにまた口角を上げ、「ごめんね」と呟いた。

冬馬が何を思ってごめんと言ったのかはわからない。冬馬はそれ以上何も言わず、繋いでいた手を離そうとした。けれど、京介はそれを許さず冬馬の手を握り込む。ハッとこちらを振り返った冬馬が少し泣きそうに見えたのは、たぶん気のせいじゃない。

冬馬を責めたい訳じゃなく、本音が聞きたいだけなのだ。だから、そんな顔をしなくてもいいのに。

「冬馬、ごめん。明日、もっかいちゃんと話そう」

「明日……？　うん」

不思議そうに首を傾げてから、冬馬は頷く。今度は京介が冬馬の手を引き、大通りまでの道を歩いた。タクシーを拾い、向かったのは冬馬の自宅。後部座席に乗り込むなり眠ってしまった冬馬は、ずっと京介の手を離さなかった。

家に着き、酔っぱらいを起こすのに苦労を要してようやく中へ入ると、玄関の明かりをつけたタイミングでまた抱きしめられたので驚いた。後ろからきつく抱き込まれて身動きがとれなくなる。さっきとは違う触れ方にぎくりと体が強張って、京介は狼狽えた。

「と、冬馬……っ」

京介の戸惑いをよそに、冬馬はただ京介を抱きしめているだけだった。身じろぐと倍の力で抱き直されるものの、それ以上何かする気配はない。拍子抜けしてどっと汗をかきながら、心臓が壊れそうなほどに激しく鳴る音を全身で聞いた。きっと、冬馬にも伝わってしまっているに違いないのに、何も言わない。

「……冬馬、どうしたよ」

「京ちゃんがいるのが嬉しくて、離したくない」

「いなくなったのは、お前のほうだろ」

「……うん、そうだね。ごめんね」

埒が明かず、冬馬を引きずるようにして寝室を目指した。冬馬に触れられるのは慣れているはずなのに、今は全身で反応してしまって大変だった。それが紛れもない期待であると、京介はもうわかっている。

寝室に辿り着き、後ろにへばりついている冬馬をベッドに寝かせようとしたところで体が浮き、同じ体勢のまま二人して寝転がった。起き上がろうとしても引き戻されて、すっかり抱き枕にされてしまった京介は困り果てる。このまま眠ってしまうのを待つしかないらしく、けれどそれでは心臓が持ちそうにもない。さっきから、京介の尻に硬いものが当たっているのだ。それが何であるかは、同じ男の京介にはわかってしまう。

「冬馬。離してくれ……」

「だめ」

「なんでだよ。逃げたりしねえし、ここにいるから」

「……夢から醒めるまでは、だめだよ」

そこでようやく、冬馬が酔っぱらっているだけでなく、今の状況を夢だと思っていることに気が付いた。

拘束の中でなんとか体を反転させ、冬馬のほうへ体を向ける。間近にある冬馬の瞳が、じっと熱を持って京介を見つめていた。そして、先程から感じていた京介の尻に当たっていたものが、やはり冬馬の雄の昂ぶりであることを確認する。

夢だと思っているくせに、手を出してこない冬馬が何を考えているのかわからなかった。夢ならもっと即物的に求めてきてもおかしくないと思うのに、冬馬は京介を抱きしめるばかりで何もせずにじっと京介を抱いている。

「……冬馬、お前なら俺に何してもいいんだぞ」

どう言葉にしていいものか迷って、絞り出した誘い文句。けれど、冬馬は眉を寄せて心底困った顔をしてから、より強く京介を抱きしめた。そして小さく首を振り、懺悔のように呟いた。

「もう、二度としない。ひどいことして、ごめん……」

「酷いことって……、俺とセックスしたことか?」

「…………」

何も言わない冬馬に、京介は理解する。冬馬はあの日のことを自分のせいだと思っているのだ。

それは、違う。京介は発情期の熱に浮かされていても相手が誰かをちゃんとわかっていた。何度も京介は冬馬の名前を呼んで、求めたのに。

「冬馬。俺は、酷いことをされたなんて、思ってない」

「……そうだったら、いいのになあ」

「冬馬……」

京介の言葉は届かず、すべてを夢だと思っている冬馬は信じてくれなかった。

だけど、熱い滾りを持て余しているくせに夢の中ですら必死で我慢する姿に、冬馬の本心は見えたも同然だった。

やっぱり、好きだと言った冬馬は夢じゃなかった。そう静かに確信する。

今すぐにでも誤解を解いてやりたいのに、信じてくれないことが口惜しい。でもきっと、冬馬が酔っていなければわからなかった。こんなにも優しく、熱を持って触れてくる本当の意味を。

不意に冬馬が熱い吐息を漏らしたかと思ったら、小さく身じろぎした。何をしているのかと目線を移すと、冬馬が自身の腕に歯を立てていたので驚いた。呼吸を荒げ、腕から血を滲ませている冬馬が、本当は京介のうなじに噛み付きたいのだと理解するのに数秒かかった。

冬馬がどれだけ必死に今の状況を耐えているかを知り、京介の胸が熱いもので満たされていく。夢なら欲望のままに抱いてしまえばいいのに、それをしない冬馬をたまらなく愛おしいと思う。

「冬馬、噛むな。血が出てる」

唇に手を当てて噛みつくのを制すと、冬馬は切ない吐息を漏らした。あの日、噛み付かれた痕はもう消えてしまったけれど、冬馬にもう一度噛まれたいと強く思った。首筋ではなく、今度はうなじを噛まれたい。番にはなれなくても、冬馬に。

「冬馬」

噛みつく場所を失って半開きの冬馬の唇に、自分の唇を重ねる。びくりと冬馬の肩が跳ね、目がまん丸に見開かれた。キスしただけでそんなに驚かれるとは思わなくて、少し笑ってしまう。

「京、ちゃん……」

「こっちにしろ、な」

触れるだけのキスをもう一度すると、密着した冬馬の体から速い鼓動が伝わってきた。ドキドキしてくれているのだと思うと嬉しくて、何度もキスを繰り返す。そのうちに冬馬の両目から大粒の涙が溢れ、ぽろぽろとこめかみを伝っていく。涙に濡れた瞳で見つめてくる冬馬が可愛くて仕方なくて、子供をあやすように涙を拭い、今度はまぶたにキスを落とした。

「心配するな。夢から醒めても、俺はここにいる。ずっと冬馬の傍にいる」

髪を撫でてやると、冬馬はうっとりと目を閉じてまた京介を全身で抱きしめた。背中をさすっているうちに心音が緩やかになり、寝息が聞こえ始める。眠った冬馬の体温を全身で感じて、京介もそっと目を閉じた。

＊＊＊

懐かしい夢を見た。

高校三年の時の文化祭。クラスが別だった京介と冬馬は、それぞれクレープ屋と謎解きゲームで大賞を貰い、合同で打ち上げをすることになった。

行事ごとには参加しない冬馬が顔を出していたのは本当に珍しく、参加者の多くがそわそわと冬馬に話しかけるチャンスを窺っていた。けれど本人は相変わらず周囲にまったく興味がない様子で、適当に受け流しては京介の隣で黙々と飲み物を口にしていた。

もしかしたら、打ち上げに京介がいなかったら冬馬は参加していなかったのかもしれないと、今になって思う。

カラオケで盛り上がる中、京介が冬馬の異変に気が付いたのは開始から一時間ほどが経ってからだ。クラスの誰かがこっそり持ち込んだらしい缶チューハイ。冬馬は酒と気付かず飲んでしまったようで、顔色が悪くなっていた。もともとアルコールに弱い質だったのだろう。京介は冬馬を連れ出し、通路のベンチで休ませることにした。

具合が悪いならもっと早く言え、と京介が言うと、冬馬は青い顔のまま首を横に振った。わけがわからなかったがとりあえず水を飲ませ、帰りの電車の時間を調べる。

少し回復したらこのまま送ってやろうと考えていると、京介と冬馬に気が付いたクラスメイトに声を掛けられた。事情を説明し、今のうちに荷物を取ってこようと腰を上げた時、急に腕を引かれたので京介は冬馬の膝の上に尻をついてしまった。乱暴な仕草に驚いて、振り返った時に見えた冬馬の目は完全に据わっていた。

「――京ちゃんに近寄るな」

クラスメイトに向けられた言葉は、いつもの冬馬からは考えられないくらいに低かった。突然のことに怯えたクラスメイトは退散し、京介は冬馬の膝の上に座らされてしばらく解放してもらえなかった。

京介が初めての友達だと言った冬馬が時折見せる、強い独占欲。ひよこが親鳥について歩くようなものだと自分に言い聞かせていたけれど、本当はずっと冬馬も自分と同じ気持ちならいいのにと願っていた。

何度もそんな瞬間があって、けれど勘違いしないようにしていた。本当にそうだったとして、叶う思いではなかったから。

冬馬はあの頃、どんな気持ちでいたのだろう。

京介が見ないふりをしていた気持ちを知っていたのだろうか。だから卒業と同時に姿を消してしまったのだろうか。同じ想いを抱えていたのだとしたら、きっと苦しかったはずだ。自分の感情を処理することばかりに必死で、隣にいた冬馬の気持ちを知ろうともしなかった。冬馬に酷いことをしていたのは、他でもない自分自身だったのだ。冬馬に酷いことをされたことなんか、一度もない。ずっと、冬馬に会えたことを幸福に思っていた。

もしもまだ間に合うのなら、冬馬の傍にいたい。会いに来てくれた冬馬を、今度は絶対に離したりしない。

＊＊＊

目が覚めたのは、夜が明けてすぐ。

窓の外が白み始め、寝室が少しずつ明るくなっていく時間帯だった。

冬馬の腕に抱かれたまま眠った京介は、目が覚めても冬馬がいることに満たされる思いを噛み締めた。そこに、いる。それだけでこんなにも溢れるものがある。

あたたかな腕の中でずっとまどろんでいたくなったが、京介は冬馬を起こさないようそっと起き上がった。ずっと同じ体勢でいたものだから体が固まっていて、伸びをしてから冬馬の寝顔を覗き込む。眉間にしわが寄った顔はお世辞にも健やかとは言えなくて、指で伸ばしてやると冬馬は顔をむずむずとさせ、少しだけ表情を緩ませた。

起き出した京介が向かったのは、すっかり使い慣れた台所。

ほとんど空の冷蔵庫や棚の中を覗き込み、少し考えてからコンビニへ走った。割高になってしまったが米と味噌、それから梅干しと卵を買って帰る。一応寝室を覗き、冬馬が起き出してまたどこかへ消えていないか確認したが、京介が出ていった時と同じ体勢で寝ていたのでほっとした。また寄ってしまった眉間のしわを伸ばして、朝ごはんを作るべく台所に戻る。

冬馬が起き出してきたのは、それから約一時間後。

朝日が居間に差し込み、庭のすずめが鳴く声が聞こえてきた頃。炊き上がったごはんでおにぎりを握っていた京介が気配を感じて振り返ると、居間へ続く出入り口に呆然と立ち尽くしている冬馬がいた。

髪は跳ね、着替えずに寝た服はしわくちゃで、口をぽかんと開けたまま冬馬は京介を凝視していた。その顔は青褪めていて、今の状況を理解できていないようだ。

冬馬に昨夜の記憶がなければ、そうなるのも無理はないだろう。この三ヶ月寄りつかなかった自宅で目を覚まし、避け続けてきた男が目の前で朝ごはんを作っているのだ。驚かずにはいられないだろう。

「おはよう。冬馬」

「…………、なん、で」

「元警察官、舐めんなよ。とりあえず、朝メシにしようぜ。ちょうどできたところだ」

「…………」

出来上がった梅干しのおにぎりとワカメのみそ汁、卵焼きという至ってシンプルなものだが、どれも冬馬が好きなものだ。昨日、顔を見た時から、三ヶ月前のスランプ中よりももっとやつれてしまった冬馬が気になって仕方なかった。

「冬馬。ほら」

卓袱台に朝ごはんを運び終えても、冬馬は突っ立ったまま呆然としていた。呼んでも反応がないので目の前まで行き、その手を取る。びくりと震えた冬馬の手は、氷みたいに冷たくなっていた。

「なあ、まずは食おうぜ。腹減ってる時は、大事な話はしちゃいけねえんだ。冬馬の好きなもん作ったから。な」

「…………、ま、待って」

ようやく動いた冬馬は、京介の手を解いて一歩後退った。そして口元を手で覆い、掠れた声を絞り出す。

「…………、俺、昨日京ちゃんに、何か……」

した？　という言葉は小さすぎて聞き取れなかった。けれど冬馬の言いたいことを理解して、首を横に振る。

昨夜のことを、まったく覚えていないわけではないのだろうか。だとしたら、何かあったと思っても不思議ではない。抱き合って、キスして、ずっと寄り添っていたのだから。

顔色をなくす冬馬を見て、なんだか可哀想になってくる。京介とセックスしたことを、罪に思う必要はないのに。本当はもっとゆっくり話したかったけれど、冬馬を一刻も早く救ってやりたい気持ちになる。誤解させてしまったのは、京介だから。

「冬馬が思うようなことは何もしてねえ。一緒に寝ただけだ。酷いことも嫌なことも、されてない」

「…………、」

「今まで一度も、だ」

冬馬の瞳が揺れ、動揺がこちらにまで伝わってくる。もう一度手を取り居間まで連れて行っても、冬馬は抵抗しなかった。そのまま座布団の上に座らせて、箸を持たせる。京介も斜向（はすむ）かいに腰を下ろして、「いただきます」と手を合わせた。

京介が食べ始めても冬馬は見ているだけだったが、まもなくみそ汁の椀を手に取った。そしてゆっくりと口に運び、一口すると黙々と食べ出したので安心する。

「みそ汁しょっぱくねえか」と聞くと、冬馬は首を振ってから「美味しい」と噛み締めるように呟いた。

お米三合分のおにぎりを二人で平らげたあと、京介は空になった食器を卓袱台の隅に寄せて早速本題に入ろうと居住まいを正した。

昨夜の様子から京介が聞きたかったことはほとんどわかってしまったようなものなのだけれど、酔っていない冬馬の口から直接聞かなければ意味がない。それに、もしもあれが酔っぱらいの戯（ざ）れ言（ごと）だったら、京介は困るのだ。それこそ、冬馬を一発殴ってしまいそうなくらい。

「――冬馬。俺はお前が好きだ」

するりと自然に零れたのは、京介の本心。冬馬がゆっくりと目を見開き、虚を衝かれたような顔をする。本当はもっと言いたいことがあったのに、一番に出てきたのは好きだという言葉だった。内心自分でも驚きながら、同時に納得する。ずっと言いたかったのだと。

「ヒートのあと冬馬がいなくなって、俺はずっと謝りたいと思ってた。冬馬が、俺とセックスしたことを後悔してんだと思ってたから。でも、そうじゃなくて、本当はただ俺が冬馬に会いたくて捜してたんだって、気付いた。だから、これだけはどうしても言いたかった。好きだ。冬馬」

硬直したままこちらを呆然と見つめていた冬馬が、少しずつ表情を崩していく。悲愴な顔で俯いた冬馬の、握りしめた拳が小さく震えていた。

「あの日、俺は冬馬も俺と同じ気持ちなんだって、好きだと思ってくれてるから俺を抱いたんじゃねえかって思った。……もし、違うならそれでもいい。でも、どうしていなくなったのか、理由をちゃんと冬馬の口から聞かせて欲しい」

心臓がドクドクと拍動し、緊張していた。冬馬の本音がすべて京介の勘違いだったら、もうきっと友達にも戻れない。覚悟はあっても、冬馬を失うことはやっぱり怖い。

「――俺は、京ちゃんに謝らないといけないことがある」

「え？」

顔を上げた冬馬の瞳は、どこか暗い陰を孕んでいた。朗らかないつもの冬馬との落差に少しだけぞくりとしたものが背筋に走った。

「……京ちゃんはあの日のこと、フェロモンで俺を誘ったって思ってるだろうけど」

「……………」

「あの時、俺にはフェロモンが効いてなかった。だから、京ちゃんを抱いたのは俺の意思。何もしないで帰ることができたのに、俺はヒートで苦しんでる京ちゃんをレイプしたんだ。……だから、たとえ同じ気持ちでも、意味が全然違うんだよ」

罪を告白する罪人のような姿に、京介はようやく納得がいった。冬馬が姿を消した本当の理由を知って、これ以上ないほどの安堵を覚えている。冬馬に嫌われたわけではない、それがわかれば、もう充分だった。

「京ちゃんがまだ直哉さんのものなんだって思ったら、目の前が暗くなった。番が解消されてないことが、悲しくて、悔しくて……。そういう自分勝手な思いでヒートを利用したんだ。俺は、京ちゃんの傍にいていい人間じゃない……」

「──冬馬」

自分を責めている冬馬が痛ましくて愛おしくて、京介は堪え切れなかった。勢いよく抱きついて、突然のことに受け止め切れなかった冬馬ごと畳の上に転がる。京介はかまわずその体を、ぎゅっと抱きしめた。ヒートの時も、昨日も感じた冬馬の匂い。その心地良さに胸が切なく締め付けられる。

「……良かった」

漏れ出た言葉に、冬馬がぴくりと反応したのがわかった。京介に押し倒されたまま微動だにせずにいる冬馬を、この愛しい臆病な男を早く救ってやりたい。顔を覗き込むと困惑しきった瞳と視線がぶつかり、状況を把握できないでいる冬馬のために伸し掛かったままポケットを探った。

「……京ちゃん、ダメだ。俺は、高校の時も再会してからも、京ちゃんをどうにかすることばっか考えてるような奴なんだ。……傍にいたら、またきっと同じことする」

「いいんだ、冬馬」

「……な、何もよくない。俺は京ちゃんをめちゃくちゃにしたいってずっと思って、夢にまで見て、だから」

「何もダメじゃねえし、めちゃくちゃにしてもいい。酷いことをされた覚えはねえって、言っただろ。それに、ホラ」

ポケットから出したのは、うさぎのストラップ。冬馬のおかげで手元に戻ってきた、直哉の忘れ形見だ。冬馬はうさぎを目にすると、また苦し気な表情を顔に浮かべた。

「冬馬、これ見ろ」

言いながら京介はうさぎの足の裏部分にある蓋を指で開けた。そこからカプセルを取り出して、冬馬に見せる。

「これな、バース性研究所の試作品」

「………え？」

「直哉さんが作ってた、新しいタイプのオメガ用抑制剤だ」

これは、直哉が長年に渡って研究し、開発を進めてきた薬だ。今までの抑制剤が発情の症状を抑えるものだったのに対して、新薬はフェロモンの効果自体を抑えるものだった。まだ世に出回っておらず、治験で効果があった京介に直哉が何かあった時のために、とこっそり渡してくれていたのだ。

冬馬の家政夫をやると決めた時、薬の存在を思い出して飲むようになった。うさぎのストラップはピルケースになっていて、直哉が薬をくれた時のまま使っていたのだ。京介の雑な性格を見越して、肌身離さず持ち歩けるようにと用意してくれたものだったから。

「だから、冬馬がフェロモンに誘われたわけじゃないってのは知ってる。俺は相手が冬馬だから、セックスしてえって思った。あれはレイプじゃなくて、同意の上での行為だ」

「………、」

「俺もあの時、相手が冬馬だってわかってて、ヒートの性欲に任せて受け入れたんだ。だから冬馬のせいじゃない。だって俺は冬馬に抱かれたいって、こないだのヒートよりも前から思ってたんだ」

「――え？」

「嘘じゃないぞ。前に冬馬の家でヒートになったのは、お前にキスされそうになったからだ。体が勝手に期待して、抱かれたくなっちまったんだ」

「………、うそだ」

「だから嘘じゃねえって。それに貰った薬は、これで最後だ。次のヒートで確認しろよ。今度はちゃんとフェロモンが効くってこと、証明してやるから」

指でカプセルを押し潰し、中の顆粒剤が畳の上に散っていく。

冬馬の瞳が戸惑いに揺れ、京介を見つめていた。理解が追いつかないのだろう。でも、現実であると、もう冬馬はわかっているはずだ。

勢いに任せて結構な大胆発言をしてしまったことが恥ずかしくなって、頬がじわじわと熱くなっていく。だけど、これが京介の正直な気持ちだから撤回はしない。

抑制剤をくれた時にはもう、直哉は自分の死期を悟っていたのかもしれない。いつだって優しくて、京介のことを考えてくれていた。自由に生きていいと繰り返していた直哉は、きっと許してくれるはずだ。冬馬へ真っ直ぐに向かっていく京介を。

「冬馬。俺はもう誰とも番になれねえ。運命の人じゃなくても、それでも俺を選んで欲しい」

「………きょう、ちゃん」

「頼む、冬馬。……好きだ」

冬馬が小さく息を呑んだ次の瞬間には、息も出来ないほどにきつく抱きしめられていた。密着した胸から激しい心臓の鼓動と熱が伝わってくる。感極まったような溜め息のあと、冬馬は京介の名前を呼んだ。冬馬、と返事をするとまた呼ばれて、何度も何度も呼び合ってお互いの存在と胸を満たす想いの正体を確かめ合った。

「……俺は最初から京ちゃんしか欲しくなかった。番なんて形どうでもいい。一緒に居られるならそれだけでいい。本当はずっと、俺の運命の人が京ちゃんならいいのにって思ってた。好きだ、京ちゃん。ずっと好きだった……」

耳元で吐き出される熱烈な告白に、大きな安堵と幸福を覚える。ようやく聞けた冬馬の本心。じんわりと全身に広がって、実感する。体を繋げた時に感じた、愛し合っているような感覚が嘘じゃなかったことが、こんなにも嬉しい。

「冬馬、俺も好きだ。やっと、言えた」

「……京ちゃん」

肩を掴まれたかと思ったら体がひっくり返り、天井と冬馬の顔を見上げていた。急に男くさい表情を見せるものだから、どきりと体が強張った。

「キスしたい」

強引な仕草で切羽詰まった顔をしているくせに、控えめな要求で思わず口角が上がる。

笑った京介に、冬馬は困ったように眉を下げた。

「聞くなよ。してもいいに決まってるだろ。昨日も散々したし」

「……まだ、夢見てるみたいだ」

「夢じゃない。そんなに信じられないかよ。……ん」

そっと下りてきた唇を、京介は受け入れる。触れるだけで離れていった戯れのようなキス。目でもう一度、とねだると今度は強く押し付けられて、開いた唇の隙間から舌先が入ってくる。迎え入れると火が点いたように口の中を舐め回されて、あたたかな冬馬の粘膜を恍惚と味わった。

触れ合う唇も、伸し掛かる重みも、全てが愛おしくて目が眩む。冬馬の頬に手を滑らせて輪郭をなぞると、至近距離で目が合う。間近に見える冬馬の瞳はうっとりと細められ、けれど苛烈な光を放って京介を見つめていた。体を繋げた時にも見た、冬馬の中の隠された激情。それを向けられることにぞくりとした喜びを覚え、瞳からも蹂躙されているような心地になった。体の奥が熱くなって、もう冬馬しか見えなくなる。

「……ふ、ん、……ぅ」

夢中でキスして、どれくらい時間が経っただろう。息苦しさと気恥ずかしさに冬馬の肩を緩く叩くと、名残惜し気にようやく唇が離れていった。最後に下唇を食まれて、ぴくりと顎が跳ねる。触れる手や唇は優しいのにまるで捕食されるみたいなキスに、いつの間にか息が上がっていた。

額と額をくっつけて見下ろしてくる冬馬はまだ足りなさそうで、濡れた唇を指でなぞるのがくすぐったい。そんなつもりはなかったけれど、お預けを食らった犬のような冬馬が可愛くて胸がきゅんとなった。

「……ごめん、止まんなかった。でも、もっとしたい」

頬を擦り寄せながらの懇願を、どうして断れるだろう。断るつもりは毛頭ないけれど、際限なく甘やかしてしまいそうな自身の危うさを京介は自覚する。

「だから……、いいんだって。冬馬の好きにして。息継ぎする暇さえくれれば、な」

自分で言っておいて、頬が熱くなる。照れくさくなって顔を逸らすと、冬馬が呻き声を上げてまた強く抱きしめてきた。苦しいと言うと冬馬はすぐに顔を上げて、至近距離から京介の瞳をじっと覗き込んでくる。頬や耳が赤いのが可愛くて髪を撫でてやると、冬馬はくすぐったそうに目を細めた。

また下りてきた唇を受け止め今度は穏やかなキスを続けていると、頬に熱いものが落ちてくる。目を開けるとそこには涙に濡れた冬馬の瞳が揺れていた。ダークブラウンの虹彩がキラキラと光り、吸い込まれそうに綺麗だと思った。見惚れていたらまた雫が落ちてきて、京介は冬馬の頬に手を滑らせて涙を拭った。

「冬馬、泣くな。もうどこにも行くなよ」

「……どこにも行かない。一生傍にいる」

「まあ、また失踪しても、絶対見つけてみせるけどな」

笑ってみせると、冬馬も目をまるくしてから笑った。

部屋に差し込む朝日が、眩しく二人を包む。繋いだ手はもう冷たくなくて、冬馬の体温を感じられることが嬉しい。もう絶対に離さないと握り込んだ手を、同じ強さで握り返される幸福。

運命の番にはなれなくてもいい。この瞬間に、確かに永遠を感じている。共に生きていく未来を、信じられるから。

6

庭の桜のつぼみが綻んで、花が一斉に開いた朝。

引っ越し業者のトラックを見送り、冬馬と京介は玄関先で顔を見合わせて笑い合った。

「京ちゃん。改めまして、今日からよろしくお願いします」

「おう、こちらこそ。よろしくお願いします！」

握手を交わし、並んで家の中へ入る。今日から京介は、冬馬の家で暮らし始めるのだ。

マンションを引き払い、不要な家具や家電を処分しながら少しずつ荷物を運び出して約二週間。最後に大型家具を搬入して、ようやくすべての引っ越し作業が終わった。これからは京介とずっと一緒にいられると思うと喜びもひとしおで、口元が緩んでしまう。

あとは運び込んだ京介の荷物を整理するだけだが、京介の私物は少なくて冬馬が手伝う必要がなさそうなのが残念だった。

それでも何かしたくて無駄に京介の周りをうろうろしてしまう。服と書かれた段ボールを開けている京介の手元を覗き込んだら、犬にするみたいに頭をわしゃわしゃと撫でまわされてしまった。

「ここはいいから、冬馬は自分の仕事しろって」

「うん。でも何かさせて欲しい……。あ、これスーツ？」

「ああ。出しておかねえとしわになっちまう」

京介が取り出したのは、黒色のスーツ。警備会社へ就職が決まり、明日から勤務が始まるのだ。京介が勤めることになる城崎警備保障は、警察官時代の上司である城崎が最近起業した会社だ。京介の警察官時代の優秀さを買って、声を掛けてくれたらしい。オメガ性のことも理解してくれているので、京介にとってこれ以上ない再就職先だった。それから京介は冬馬を捜す間に引っ越し業者でアルバイトをしていたらしいのだが、働きぶりの良さにそこからも正社員で採用したいと話があったようだった。残念ながらお断りすることになったのだが、今度職を失った時はバイトから始めればいいんだな、となんともたくましいことを零していたのが京介らしかった。たぶん、京介が就活をすることはもうない気がするけれど。

そして城崎といえば以前に酷い態度をとってしまった相手で、京介の雇い主になることを知った時は気まずい思いがした。改めて紹介したいと京介に言われて、今度こそしっかり挨拶してあの時のことを謝りたいと密かに考えている。京介の大切な人は、冬馬も大切にしたい。

スーツを掛ける京介の横顔が嬉しそうで、冬馬も笑顔になる。長年の夢だった警察官は辞めてしまったけれど、これからの目標ができたと喜んでいた京介を、冬馬も全力で応援したいと思う。

「スーツ姿の京ちゃん見るの初めてだ。明日の朝が楽しみ」

「楽しみにするもんでもねえだろ。普通だよ普通。あ、冬馬にもらったネクタイピン、つけてくな」

「うん！　ますます楽しみ。スーツ着た京ちゃん、絶対に格好良いに決まってる。あーでも、警察の制服姿の京ちゃんも格好良かったんだろうなあ。見たかった……」

大袈裟に落ち込んで見せると、京介は「写真ならあるかも」と言ってスマートフォンを操作し始めた。吉報に身を乗り出すと、京介はすぐに写真を見つけて冬馬に画面を見せてくれた。

「あった。これ、お世話になった巡査部長が、定年退職の時に交番に来てくれて撮ったやつ。すげえ懐かしい」

そこには制服姿で敬礼する京介と、花束を持って笑う恰幅（かっぷく）のいい男性が写っていた。今よりも少し若く、髪が短い京介は格好良いのに可愛くて、冬馬は食い入るように見つめてしまう。

「すっごい、格好良い……、これは、……どうしよう」

「どうしようって、なんだよ」

「いや、やばいでしょ、これは。知ってたけど、京ちゃん世界で一番格好良いよね……？画像欲しい」

「また、お前はそういうことを真顔で言う……」

京介の頬が、じわじわと赤く染まる。その反応を穴が空きそうなほどに見つめながら、「かわいい」と口にすると部屋を追い出されてしまった。仕事しろ、と怒られたので仕方なく書斎に戻り、パソコンをつける。スランプは今や嘘のように解消され、以前のように順調に書けるようになった。原因はやはり京介と離れるストレスのせいだったのだと、しみじみと思う。冬馬のことを振り回せるのは、この世で京介一人だけだ。

それから約二時間後。一息入れようと部屋を出て、家の中がしんと静かなことに気が付いた。既視感にどきりとするが、京介の部屋を覗くと姿が見え、ほっとする。動かない京介はベッドに腰掛けて熱心に本を読みふけっており、扉の前に立っても気付かないくらいに集中しているようだった。

声をかけるのは後にしようと立ち去ろうとして、京介が読んでいる本の装丁が目に入りぎょっとした。それは冬馬の著書である「秋入梅」だったのだ。

隠しておいたはずなのに、どうしてここにあるのだろう。慌てていると京介が顔を上げ、目が合う。

「冬馬、お前こんなのも書けるんだな」

感心したように言い、京介は本を閉じた。まさか、全部読んでしまったのだろうか。過去の京介への想いを綴ったそれは、今や冬馬の黒歴史と言っても過言ではない。思いが通じ合った今だからこそ、読まれてしまったことが恥ずかしく顔から火が噴き出そうだ。

「京ちゃん、それ、なんで……、どこから持ってきたの」

「ん？　ああ、これは俺の。出た時に買ってたんだけど、ずっと読んでなくてさ。荷物整理してたら出てきたから、つい読んじまった」

「そ、そっか……」

感想なんてとてもじゃないが聞けなくて、ぎくしゃくしてしまう。京介の幸せを願ってわかりやすく書いた「幻の花」とは違い、冬馬の想いだけを抜き出して物語に乗せた「秋入梅」。京介が自分達に重なっていると気付いていなさそうで助かった。京介は妙に聡いところと鈍いところがあるので、油断できないけれど。

「面白かったけど、慎一って奴にイライラしちまった。男なら、もっとガツンといかねえとだろ」

京介の言葉に、後ろ頭を殴られたような感覚に陥る。慎一は、冬馬が自己投影していた登場人物だ。報われない恋をして、最後は姿を消してしまう男。

苛ついたと言われてぐうの音も出ない。自分でも、そう思う。

「でも、こいつには幸せになって欲しかったな、俺は」

「……え」

「俺が選ぶなら、絶対に慎一なんだけどな」

京介の実直な言葉が、胸に刺さって息が止まりそうになった。慎一は神経質で繊細で、冬馬の鬱屈（うっくつ）した部分のごった煮のような存在だった。嫌な奴だと自分でも思うのに、京介は慎一が良いと言ってくれた。

まるであの頃の冬馬を肯定してもらえたような気がして、不覚にも泣きそうだ。

京介の隣に腰掛け、肩を掴んでしっかりと目を見つめる。京介がきょとんと目をまるくして、冬馬を見つめ返した。

「……じゃあ、これからはガツンといくし、幸せにもする」

「は？」

意味が分かっていない京介を抱きしめると、戸惑いながらも冬馬の背中を撫でてくれた。ふわりと感じる京介の匂いに、冬馬はこれ以上ないほどの安心を覚える。

「好きだよ、京ちゃん。好きだ」

「ど、どうしたよ、冬馬」

唇を重ねると目を閉じて受け入れてくれることが、あの頃から考えたら奇跡のようだ。舌を潜り込ませると擦り合わせるように舌を絡められて、夢中になって京介の唇を貪った。そんなはずはないのに、京介の唾液は微かに甘い気がする。いつまでも味わっていたくて、やめ時をいつも見失う。

「ン、ん……っ、ふは、とう、……んっ、ぅ」

「京、ちゃん……」

苦しいのか鼻にかかった声が上がり、冬馬の理性がぐらつき始める。肩を押すと京介は簡単にベッドの上に倒れてしまい、期待に心臓が大きく鳴った。伸し掛かってなおもキスを続けながら煮え立つ欲望を自覚する。

京介とはヒートの時以来セックスをしていなくて、ずっとキス止まりだった。京介の引っ越しや就職の準備で忙しくて、タイミングを逃し続けてきたのだ。

今日からずっと一緒に居られるのだから焦る必要はないのだけれど、それでも目の前に京介がいるのにお預けを食らっている状態はそろそろ限界だった。

「んっ、ふぁ……、と、とうま……」

京介は唇をびしょびしょに濡らしながら、焦った顔をした。冬馬が性的な触れ方をすると決まって見せる表情。嫌がっているのではないとわかっているけれど、意外と奥手らしい京介に無理強いはできなくて今まではここで終わっていた。

でも今日は、我慢してあげられそうもない。京介が慎一を選ぶと言ってくれたことが、自分で思うよりも嬉しかったみたいだ。

「と、冬馬……、あっ」

首筋にキスしながら指を滑らせたのは、京介の鍛え上げられた胸。服を盛り上げる京介の胸筋のラインは昔からたまらないものがあって、目を奪われたのは一度や二度じゃない。前にセックスした時は余裕がなくてあまり触れられなかったのが、ずっと心残りだった。水色のシャツ越し、手の平で包むように触れた胸は想像よりもずっと柔らかくて、思わず感動してしまう。

「えっ、と、冬馬っ、……ンッ、待……っ、ッ」

体をまさぐられ、京介が目を白黒させて冬馬を見上げてくる。欲望が腹の中で渦巻いて、その顔にすら欲情した。

「と、冬馬。す、すんのか？　今」

「……嫌？」

「……や、じゃねえ、けど。でも、こんな真っ昼間からするとは思わなかった……」

顔を背けた京介は耳まで真っ赤で、いつもからは考えられないくらいに眉が下がっていた。困っているのは明白だけれど、その言い方は冬馬と今日セックスする気があったという風に聞こえてしまう。誘っているのか止めようとしているのか。どちらにせよ止まることはもうできないけれど。

「京ちゃんが嫌なことはしない。だから、抱かせて。もう我慢できない」

ジーンズの中で張り詰めている猛りを太股に押し付けると、ひくりと京介の喉が動いた。

ゆっくりと視線をこちらに向け、目が合うと小さく頷く。

「……何してもいい。冬馬なら。されて嫌なことなんか、ねえから」

とんでもない殺し文句を吐かれて、猛烈に煽られたのと同時に自分の発言の危うさに気付いていない京介が心配になる。何をしてもいいなんて、長年京介に対する劣情を抱えてきた男に言っていい台詞じゃない。京介なら本当になんでも受け入れてくれそうなところが、余計に危険だった。

「……そんなこと言うと、優しくできないよ」

「バカ、いいよ。遠慮すんな。それに……」

「それに？」

「前の時みてえな、強引な冬馬も、嫌いじゃない……俺は」

いよいよ本気で頭を抱えたくなったが、京介は本気なのだ。怒涛のように煽られて、下半身がずっと重たくて暴走しそうだ。それでもやはり優しくしたくて、冬馬は深く息を吐きながら唸った。

「……京ちゃん、やっぱり俺にあんまりそういうこと言わないほうがいい」

「なんでだよ……」

「強引なのはともかく、京ちゃんの全身舐め回したいって思ってるような男なんだよ、俺」

唇を塞ぎ、腰から胸までを撫で上げると、京介はくぐもった声を喉から漏らした。

胸筋をむにりと掴み、その感触を改めて堪能する。弾力があるのに柔らかくて、指を押し返される感覚がいつまでも触っていたくなる。シャツ越しでは足りず、性急にボタンを外して前を開けると、冬馬はキスを解いて上から京介を見下ろした。

筋肉の綺麗についた体は桃色に染まり、うっすらと汗をかいて冬馬を誘っていた。胸の頂きは色淡く、乳輪の輪郭が曖昧で乳頭は小さい。緊張した顔で冬馬を見上げている京介に、ごくりと喉が鳴った。

頬を撫でると京介は猫のように手に擦り寄り、うっとりと目を閉じた。頬から首筋を通り鎖骨を撫でてまた胸を掴むと、冬馬は右の乳首に舌を伸ばした。

「……っう、」

舌が触れた瞬間、ぴくりと胸が震え、口に含んだ乳首を舌で転がすとまた反応が返ってくる。敏感なのが可愛くて、舐め回したり吸い付いたり、あらゆる愛撫を順番に施していく。左は指で摘まみあげ、きゅっと刺激を与えると京介はますます震えて喉奥で呻いた。

「ふ……、ンッ、う、ふぅ……」

声を必死で抑えていても、ピンと立った乳首が気持ち良いことを証明していた。乳頭をきつめに吸いながら、指先でこりこりと強めに転がしてやると、切ない吐息が漏れ出す。

「んあ……っ、は、と、ま……、そこ、もう……っ」

頭を抱えられてしまい、京介の胸に頬が押し付けられる。まだほんの少ししか触っていないのに京介はとろけた顔になっており、それでは胸が弱い場所であると言っているようなものだった。もっと愛でてあげたくなり、自由な指先でくにゅりと乳首を捏(こ)ねる。

「っあ、や、……ッ、も、いいって……」

「でもここ、気持ち良いよね？」

「……っ、きもちい、から、……もう、やだ」

あまりにも素直な言い分に、嗜虐心(しぎゃくしん)が刺激されてしまうのは冬馬のせいだけではないはずだ。もともと真っ直ぐな気質ではあるものの、ベッドの上でまでこんなにも素直だなんて思わなかった。発情期の時も従順過ぎると思ったけれど、それは熱に浮かされてのことだと思っていた。

気持ち良いから嫌なんてお願いは、いくら京介でも聞いてやれない。そんな可愛らしい言い分、誘われているようにしか感じられない。

「なら、やだじゃなくてもっとって言わないとだよ。京ちゃん」

今度は左の乳首に噛み付いて、尖りきった先を舌で舐った。ちゅぷちゅぷと音を立てて吸いながら、唾液に濡れた右は摘まんでくびり出す。京介の背中が跳ね、髪をぎゅっと掴まれて痛かったけれど、京介が感じていると思えば気にならなかった。

「うっ、く……、とう、まっ、はっ、うあ」

京介の胸を思う存分味わって、満足した頃にはすっかりいやらしい見た目に様変わりしてしまっていた。揉まれて赤くなった肌に、濡れそぼってそそり立つ乳首。呼吸のたびに上下する様は、もっと刺激を欲しがっているようにしか見えなかった。

声を必死に我慢していた京介の瞳は甘く濡れていて、やんわりと睨まれてもちっとも怖くない。

「舐め回したいって……、こういう……、」

「そうだよ。全身舐めさせて」

「……あっ」

胸しか触っていないのに、京介の股間は膨らんでカーゴパンツを押し上げていた。下から先端に向かって撫でただけで京介の声が裏返り、びくりと腰が浮く。何度も指を往復させると、中の熱さが指に伝わってくる。腕を掴まれても動かすことはやめず、京介の反応を見ながら指先を滑らせる。

「あっ、ま……っ、やば……、とうま……ッ」

軽く触っているだけでもビクビクとわななく京介は、限界が近いみたいだった。発情期でもないのに明らかに感じやすくて、胸への愛撫だけでここまで昂ぶっている姿はかなりクるものがある。これでもかと誘惑してくる京介から、一時も目が離せない。

「だ、めだ、……っあ、でる、……んっ、んんっ」

「いいよ。かわいいなあ……」

「やっ、待て……っ、んっ、あっ、と、ま……っ」

冬馬の予想よりも早く、京介は絶頂を迎えた。盛り上がった頂上を指で強めに擦った瞬間、腰を何度も大きく突き上げて震える。痙攣が収まるとベッドに力なく沈み込み、京介は熱く濡れた息を吐き出した。遅れてカーゴパンツがじわりと色を変えていき、中は下着ごとぐちゃぐちゃになっているに違いなかった。真っ赤な顔で息をつぐ京介は、絶頂の余韻にひくひくと震えていた。

最高に淫らな瞬間を見せつけられて、興奮するなというほうが無理だった。鼓動が速くて、下半身が痛い。今からこの男を抱けるのだと思うと、すぐにでも爆発してしまいそうだった。

「……はぁ、でるって、言っただろ……、ばか」

「うん。いいんだよ。いっぱいイクとこ見せて」

全部、見たい。

そう言うと京介はまた耳まで真っ赤になって、腕で顔を隠してしまう。恥じらう京介は可愛くて、逆にもっと恥ずかしいことをしてやりたくなるなんてことは、言わないほうがいいのだろう。代わりに顔を覆う腕や手にキスを落とし、ちらりと覗いた瞳を覗き込む。

「……っ、そういうこと、言うなよ。恥ずくて死にそうになる……。それでなくても俺、正気の時に、その、すんの初めてなんだからよ……」

「……え？」

京介の口から飛び出した「初めて」の単語に、冬馬は一瞬息をするのを忘れた。

今、京介は物凄い告白をしなかっただろうか。正気の時、というのは恐らく発情期ではない時という意味だ。京介にはずっと直哉という番がいて、京介の「初めて」がまだ残されているなんて微塵も思っていなかった。信じられなくて、京介を凝視してしまう。

「……本当に、ヒートじゃない時にセックスしたことないの？」

「そ、そうだよ。だから今すげえ恥ずかしくて、理性ぶっ飛んでるほうがよっぽど楽なんだって痛感してんだ……勘弁してくれ」

京介が嘘を言っているようには思えなくて、全身が総毛立つほどの熱い衝動が内側から溢れ出してきた。思春期の高校生でもあるまいし、初めてにこだわる気持ちはなかったというのに、京介の言葉にこれ以上ないほど歓喜している自分がいる。フェロモンの作用で強制的に性感を高められたのではない、素で感じている京介を抱けるのは冬馬だけなのだ。

直哉は何故、発情期の京介にしか手を出さなかったのだろうという疑問が頭を掠め、そういえば心臓が悪いと言っていたことを思い出す。なるほどと納得するが、今はそれどころではなかった。殴られたような衝撃と興奮で、すでに熱く滾っていたものがさらに大きくなる。急激に血液が集まっていく感覚がいっそ痛くて、息を詰めて耐えるしかなかった。

「と、冬馬？」

「……っ、勘弁してってて、それ、俺の台詞だ……」

「え？」

「照れてる顔も感じてる顔も、全部見せて。俺しか知らない京ちゃん、物凄く興奮する」

「だ、だから、そういうことを……、あっ」

ボタンフライを外し、下着ごとずり下げると京介は少し躊躇ったあと、自ら腰を浮かせてくれた。顔を覗かせた陰茎はぐしょぐしょで、下着に白い糸を引いていた。こもっていた精液の匂いが広がって、京介の興奮を改めて確認する。

カーゴパンツと下着を足から抜くと、京介は上半身を起こして肩に引っ掛かっていたシャツを脱いだ。冬馬もTシャツを脱ぎ、ジーンズの前立てを緩めて張り詰めた屹立を取り出した。今にも弾けてしまいそうなそこは、いつにも増して上を向いている。

「ダメだ、俺も一回、抜いていい？」

「あ、ああ」

冬馬の剛直を見て、京介はまた耳を赤くして視線をうろうろとさせていた。恥じらうのは冬馬を煽るだけだと言ったら、一体どんな顔を見せてくれるのだろう。

ジーンズを脱ぎ捨て、あぐらをかいて京介の腰を引き寄せる。戸惑いながらも冬馬の誘導通りに足を開いた京介の前は、絶頂したばかりだというのにすでに兆していた。股間をくっつけ、二本の竿をぴたりと合わせる。ぬるぬると滑る京介の陰茎の感触が気持ち良い。

「……っ、冬馬の、でかいな……？」

「気に入ってくれたら嬉しいけど」

「ばっ、何言ってんだ……！　そりゃ、気に入らねえわけ、ねえけど……」

冗談で言ったのに、本気で答えてくれるから冬馬も困る。

それにしても、確かに並べると冬馬のほうが長さも太さも一回り大きい。おまけに血管が浮いているのでどことなく凶悪さが滲み出ているのに比べて、京介の陰茎は色素も薄くて舐めたら甘そうな印象だった。それがオメガゆえの特徴なのか、京介の個性なのかはわからないけれど。

「ここ、持ってて」

「……うん」

二本の陰茎を京介に握らせて、その上からさらに両手で包み込む。上下に動かすと京介の指が擦れ、背中をゾクゾクとした愉悦が駆け抜けた。動きは単調でも、京介の指に思わぬところを刺激され、油断しているとすぐにでもイッてしまいそうだ。両方の先端から溢れる雫が次々と手を濡らしていく。

「……っ、はぁ……」

「と、うま……っ、んっ、ぅ、ん……っ」

京介の感じている顔が目の前にあるのもたまらない。唇を噛んで、必死に官能を堪えている姿はずっと見ていたくなる。

　先走りで手がますます滑るようになると、冬馬が力を入れなくても京介の手は勝手に動くようになった。腰をゆるく突き上げると擦れる箇所が増え、射精感が高まっていく。すると合わせるように京介の腰も揺れだし、一気に登り詰めた。

「く、ぅ……、ッ、出すよ……ッ」

　冬馬の声に視線を上げた京介と、目が合った瞬間に達した。手の中の陰茎がびくびくと脈打ち、白濁を吐き出すたびに強烈な快感が腰全体に走る。

　溢れた精液は明らかにいつもより多くて、京介の手や顔を白く汚した。

「……ッハァ、ごめん、京ちゃん……」

　そう言ったのとほぼ同時に、頬から唇に落ちた精液を京介が舐め取ったのを見た。出したばかりだというのにすぐさま劣情を煽られて、萎える隙さえ与えられない剛直に熱が集まる。うっとりとした表情の京介の胸を、自身の白濁がとろりと伝い落ちていく様はあまりにも淫猥だった。

「冬馬……」

　吐息と共に名前を呼ばれ、ふらりと京介が抱きついてくる。抱きとめるとぐいぐいと体を押し付けられて、そのままベッドに背中から倒れ込んだ。京介は冬馬の首にぎゅうとしがみついたまま、苦悶していた。

「きょ、京ちゃん?」

「……、冬馬、すげえエロかった……、胸んとこが、いてえ」

密着した肌が熱くて、速い鼓動が伝わってくる。京介が自分を見て興奮していることを理解すると、一気に体中が熱くなった。混乱するやら恥ずかしいやら、けれど、京介が自分と同じ気持ちだということが嬉しい。好き合って抱き合っているのだと、染み入るように実感する。

「俺も、京ちゃんのエッチなとこ見るといろんな場所が痛くなるよ」

「……そ、か」

「うん。だからもっと見せて」

無防備な背中から腰を撫で、辿り着いた尻たぶを両手でむにりと掴む。むっちりとした肉厚な尻の感触は胸筋同様に柔らかくて、指が沈んでしまいそうだった。

「あっ、……っ、ちょ……っ、ンッ」

揉み込むたびに腰をびくつかせる京介は、どこを触っても気持ちが良いらしい。冬馬の上でもぞもぞと動きながら声がだんだん甘くなり、瞳がとろけていく。

尻たぶを左右に割り開き、指の腹で肛門を撫でるとそこはすでに熱く綻んでいた。愛液が滴るほどに溢れて、指先があっという間にびしょびしょになる。表面を触っているだけなのに欲しがるように蠢いているのが指先から伝わってきて、思わず口角が上がった。

「っん、あっ、……ぁ、そこ……、ンッ」

「すごく濡れてる……。もっと早く触ってあげれば良かったね」

「あ、あ……、と、ま……ッ」

充分に潤ったそこは、冬馬の指をくちゅんと音を立てて咥えこんだ。京介の腰が浮き、一気に奥まで吸い込んでいく。中はふわふわしているのに熱く指を締め付けて、絶え間なく動いて冬馬を歓迎していた。

「ふぁ……、あっ、なか……っ、う、ぁっ」

京介の反応も一番良くて、濡れながら刺激を待ち侘びていたことを知る。応えてあげないわけにはいかなくて、冬馬は指をもう一本潜り込ませた。発情期でない京介の体を気遣ってゆっくり開くつもりだったけれど、そんな必要はまったくなかったみたいだ。今すぐにでも挿入できそうなほど、穴はぐずぐずに解けている。

「はぁっ、あっ、うぁっ、ひ……、んぁ」

「キツいのに柔らかいね……。痛くない？」

冬馬の問いかけに、京介は小刻みに頷く。そして冬馬にぎゅうっとしがみついて、背中をびくびくとしならせた。完全に快感しか得ていない様子に安心して、指の抜き差しを激しくする。

「うぁ……っ！　あっ、あっ、んぁ……っ、とう、まぁ……！」

だんだんと腰が浮きあがり、指が挿入しやすくなる。期待に応えるように指を奥に押し込めるたびに腹の間の京介の滾りからぴゅっと雫が飛び出して、肉襞のまとわりつく動きが加速する。

「と、ま……っ、待っ、あっ、やめ……、いく、いくから……ッ」

「遠慮しないで、イッていいよ」

「ちが……っ、ひぁ、あっ、やだ、アッ、とうまの……っ、欲し……っ、あっ！」

ストレートな物言いに、今日何度驚かされ煽られたかわからない。思わず暴発しそうになったのをなんとか堪え、深く息をついて落ち着かせる。指の動きが止まったというのに京介は相変わらずひくひく震えながら指を食い締めていて、この淫らでいじらしい恋人に今すぐ欲しいものを全部与えてあげたくなってしまう。可愛くて愛おしくてたまらない。

指を引き抜き、放り投げたジーンズを引き寄せてポケットを探る。取り出したのは忍ばせておいたコンドーム。前回中出ししてしまい、アフターピルを飲ませることになったのを冬馬は本当に反省していたのだ。子供はいずれ欲しいと思っているけれど、それは後々話し合うつもりだし今は京介を一人で独占したい。

口で封を切り、手早く装着すると限界まで勃起した切っ先を穴に当てる。ぷちゅ、とキスしたような音が響き、京介が小さく喘いだ。先端に触れたところが吸い付いてくるようで、京介の瞳が期待に爛々(らんらん)と輝いているのが見えた。

「京ちゃん、いくよ……」

「……っ、冬馬……っ、あぁ……っ」

京介の腰を掴んで固定し、ゆっくりと突き上げる。ぬかるんだ後孔は難なく冬馬を受け入れ、亀頭部分が飲み込まれるように埋まった。触れた箇所がじんじんと熱く、さらに奥へと誘い込んでくる。歯を食いしばって強烈な快感に耐えながら根元まで挿入すると、結合部がうねるように陰茎を包み込んだ。ゴム越しにもかかわらずあっという間に絞り取られそうになり、思わずぐんと腰が浮いた。

「――ひぁ……っ、あっあ……っ！」

一際大きく京介がわななき、結合部に腰を押し付けながら声にならない声を上げた。腹筋と腰を痙攣させて、内壁が物凄い勢いで肉棒を引き絞る。京介は陰茎の先から白濁を溢れさせており、挿入の勢いで絶頂したようだった。

もっていかれそうになるのを必死で堪えながら、収縮が収まるのを待ち、詰めていた息を一気に吐き出す。京介は冬馬の胸にくったりと頬をつけ、快感の余韻に震えていた。

「はぁ……、はあ、は……、あ……、やば……、と、ま……」

「京ちゃん、どんだけ……、ハァ、……っう、ごめん……、我慢、きかない……っ」

なんて敏感でいやらしい体なのかと思ったら、京介が落ち着くのを待っている余裕はなかった。腰を掴んで突き上げると京介の声がひっくり返り、涙を散らして身悶える。

「ひっ、あ、とうまっ、あっ、あぁ……っ、やっ、あぁっ」

達したばかりの体には刺激が強いだろうに、京介の反応は変わらずに快感の色しか見えなかった。下から突く動きに合わせて腰が揺れ始め、はしたなく足が開いていく。冬馬の腹にそそり立った陰茎を懸命に押し付ける姿はあまりにも淫らで、刺激が強すぎるほどだった。前も後ろもびしょびしょに濡らして、京介はすっかり快楽の虜になっていた。

「あっあっ、ひ……っう、だめ、変だ、とうまっ、あっ、おれ……っ、ぁんっ」

揺さぶられながら京介は冬馬にしがみつき、内腿をぶるぶると震わせ出した。竿が中を往復するたびに脳天まで響くような快感に打たれて、少しずつ冬馬のペースも早くなっていく。

「んぁっあ、だめ、おかしい……っ、とう、まぁ……っ、あっあ……っ！」

「……っ、変でも、おかしくても……っ、いいから……っ、京ちゃん……！」

気持ちが良すぎて理性がぶっ飛ぶ寸前なのに、思考は冷静にフル回転している。京介の反応する弱い部分を狙いすまして、夢中で腰を振りたくった。隙間なく抱き合い、同じ快感を分け合っていると思うとますます昂ぶって、もっともっと京介を狂わせて、本当におかしくさせてしまいたかった。

下から突き上げるだけでは京介の最奥には届かず、冬馬は辛抱たまらずにぐるりと体勢を反転させた。シーツに沈んだ京介の両腕を掴み、上から見下ろしている自分の顔は、肉食獣のようにさぞ凶暴なことだろう。けれど京介は冬馬を見上げ、とろけるような笑みを浮かべた。

「とうま……、もっと」

この期に及んで全力で煽ってくる京介が恐ろしい。

希望に添うべく、足をぐっと持ち上げて奥まで屹立を捩じ込んだ。ぐりぐりと最奥を捏ねると京介の背が仰け反って、陰茎の先端から白く濁った雫が飛ぶ。断続的に穿ち始めると、結合部からぬちゅぬちゅとあられもない音が上がった。

「ぁ、あう、うっ、とうま……っ、と、まぁ……っ！　ああっ」

中をどれだけ蹂躙しても呼応するように甘くくるみ返されどんどん性感が高まっていく。具合が良すぎて必死に気を張っていないと、すぐにでもイッてしまいそうだ。甘ったるい声で鳴く京介しか見えなくて、京介を悦ばせるためだけに存在しているような気になる。イイ場所を連続して擦り上げ、京介が腰をくねらせながら感じ入る表情をあますことなく堪能する。普段は凛々しく精悍な瞳がとろりと溶けて、涙を流しながら冬馬を見つめてくることに満たされる気持ちを、言い表すことはできない。

京介が好きで、ずっとこうしたかった。乱れさせるだけでは足りない。京介に求められて、触れたかった。だから、無理やり体を暴いたのでは意味がなかった。気持ちの伴うセックスは、こんなにも胸が痛くて気持ちが良くて、全然違う。

「ふっ、あ……、とうま……っ、んっぁ、あ」

京介が伸ばした手を掴まえ、しっかりと指を絡ませ合う。シーツに押し付けキスをすると上と下、両方の粘膜で繋がって、ひとつに溶けてしまいそうだった。

何も考えられなくなって、夢中で京介の舌を吸い、奥を突く。中を往復する竿から全身に切なく激しい奔流が駆けめぐって、限界が近付いていた。今までで一番大きな波が、すぐそこまで迫ってきている。

「んあっ、ぁあ……、あぅ、うっ、あっ」

「ふ……、きょう、ちゃ……っ、いきそ……っ」

京介ががくがくと頷き、同じ興奮に身を投げ出そうとしている幸福に酔いしれる。繋いだ手を痛いくらいに握り合って、高みまで一気に駆け上がっていく。

「あっ、と、ま……っ、いくっ、おれも……っ、あぁ、あ……っ！」

「んっ、うん……っ、京ちゃん……っ」

絡みつく内襞が細かく痙攣し出し、搾り取る動きが強くなる。ぐちゅぐちゅと結合部から響く音が大きくなり、ずんと奥の襞を突いた瞬間、体の中で大きな塊が弾け飛んだ。

「ひあっ、あ……！　と、うま……っ！　んあぁ……っ！」

同時に極みに到達して、屹立が中でびくびくと震えながら精液を吐き出した。熱の塊が通っていったんじゃないかと思うほどの強い射精感に、腰が勝手にわなないた。熱い媚肉がこれまで以上に蠕動して、重苦しい程の快感が下腹部全体を襲う。一滴残らず絞り取られるような甘く狂おしいうねりに抗うことができず、ゆっくりと腰を回して種付けするように先端を擦り付けた。

「うう、ふぅ……っ、ハァ、は……っ」

「あぁー……っ、あっぁ……、あ、あぁ……」

吐き出す呼吸にさえ甘さを隠し切れず、京介は快楽の渦の中に全身を投じていた。恍惚の表情を浮かべる京介の陰茎は半透明の雫をたらたらと零している。どうやら射精せずに後ろだけで達したようだ。

京介の上に倒れ込み、その体を抱いて絶頂の余韻に身を任せる。焦点を失っていた京介の瞳が冬馬を映し、乱れた呼吸のまま顔を綻ばせる。とてつもない安堵と目も眩むような多幸感に、涙が溢れそうになった。

「京ちゃん、好きだ。好き……」

「……ふは、うん。俺も好きだ。冬馬……」

体だけでなく心も繋がれた喜びに、全身がどうしようもなく満たされている。

前は必死に噛み付こうとしたのに、京介の気持ちが自分にあることがわかって、そんな衝動は消え失せてしまった。噛まなくても、番になれなくても京介はいてくれる。我慢したけれどやっぱり無理で、涙が零れた。

「冬馬」

汗だくの頬を京介の手が滑り、前髪を掻き上げる。そして冬馬の赤くなった眦にそっとキスをした。心が震えて、言葉にならない。

さっきまであんなに激しい嵐の中にいたのに、今は穏やかな凪の海にいるみたいだ。いつまでもこうしていたいと、心から思う。

「……な、京ちゃん」

「ん？」

「もう、大丈夫……？」

額同士をつけてじっと目を見る。潤んだ瞳がぱちりと瞬き、冬馬を見つめ返す。

「へ……？」

「もっかい、したい」

正直な心情を吐露すると、京介は視線を泳がせてからマジか、と呟いた。嫌じゃないことなんて、赤い顔を見れば一目瞭然だ。けれど京介は迷っていて、焦れた冬馬はまだ繋がったままのそこをくんと押し上げた。

「……んぁっ」

「京ちゃんが嫌なら、もう少し休んでからでも」

「……それ、結局もっかいやるってことじゃねえか」

「そうだね。だってまだ、京ちゃんの全部、舐めてない」

言いながら京介の耳を舐ると、中がきゅんと締まって冬馬も呻いた。困っているくせに体は敏感に反応する、こんな京介を前にして一度で終わるなんて絶対に無理だ。

「ンッ」

「お願い、京ちゃん」

「……っあ、わかった……、わかったから……っ」

ゆるく突き上げると京介は焦りながらも頷いてくれる。冬馬は嬉々としてその体を抱き上げて自分の膝の上に乗せた。動いた拍子に抜けてしまい、その刺激にすら京介はびくりと尻を震わせた。

「うっ、とう、まっ、……っ」

「抜けちゃった。あ、その前に、ゴム替えなきゃ」

十年越しの初恋の成就に、浮かれないわけがない。もう一回で済むかどうか微妙なところだったけれどそれはあえて口にせず、冬馬は愛しい男をもう一度腕の中に抱き込んだ。

＊＊＊

窓を開けると冷たい夜風が部屋に吹き込み、風呂上がりの火照った頬を心地良く撫でていった。

春とはいえまだ夜になると肌寒いけれど、縁側に腰を下ろして見上げる夜桜は、我が家ながら最高だ。

「冬馬、お茶飲むだろ」

「うん。ありがとう」

隣に腰掛けた京介からペットボトルを受け取り、冬馬は密かに幸せを噛み締める。同じく風呂上がりの京介は首にタオルをかけ、Tシャツにジャージのハーフパンツというラフな格好で表情を緩ませていた。ずっと家に出入りしていたけれど、こんな気の抜けた姿を見るのは初めてだ。この家でこれから一緒に暮らしていくのだと思ったら、感慨深い気持ちと喜びで踊り出したい気持ちが同時に込み上げた。

「……なんだ？　なんかついてるか？　じっと見て」

「ううん。かわいいなあと思って」

「…………、……お前はそういう、……いや、もういいや」

頬を赤くしてそっぽを向いた京介は呆れた様子だったけれど、そんな表情も可愛いと思ってしまう。しつこく言ったら、また嫌がられてしまうだろうか。でも、冬馬にとっての京介は、昔から変わらずに世界で一番格好良くて可愛いのだ。

　ペットボトルを呷る京介を見ていたら、またムクムクと触りたい欲が湧いてきて慌てて目を逸らした。さっきまであれだけ抱き合って、しかも明日は京介の初出勤の日なのだから今夜はもう無理はさせられない。

　今まではオメガのフェロモンに誘われての行為がほとんどだったので、自分は淡白なほうだと思っていたのだけれど、京介にはまるで十代の少年みたいに性欲を持て余している。そんな暴走気味な冬馬も京介は受け入れてくれるから、このままでは調子に乗りそうだ。もう少し理性的になろうと、密かに決意する。

　お茶を流し込んで気分を落ち着かせると、冬馬は居住まいを正して京介へ向き直った。実は前から聞きたいことがあって、タイミングを窺っていた。昼間は性欲に流されてしまったけれど、話すなら今しかない。

「大事な話があるんだけど」

　急にかしこまった冬馬に何事かと京介が身構えるのを、神妙な面持ちで見つめる。

「お、おう。どうした」

「――明日、初出勤だよね。京ちゃんのことだから絶対に対策は万全だと思うんだけど、一応、一応ね、ヒートの時に具体的にどんな対策するのか聞かせて欲しいなって思って。ほら、警備会社ってあの城崎さんもだけど屈強なアルファが多いと思うし、要人警護の要人だってたぶんアルファ多いよね、俺の勝手なイメージだけど。いや、ほんと京ちゃんなら真面目だし強いし全然大丈夫だと思うんだけど、俺の前でヒートになっちゃったことだってあるし、参考までにどんな対策するのか聞かせて欲しいです」

警備会社に就職が決まった時から、ずっと気になっていた。

再就職は本当に喜ばしいことだけれど、京介は今、不特定多数のアルファにフェロモンが作用してしまう状態だ。直哉にもらったフェロモンの効果を抑える薬は冬馬に見せたものが最後だと言っていたし、心配で聞かずにはいられなかった。

一気に捲し立てた冬馬に、京介はぽかんと口を開けた。そしてすぐに笑い出したので冬馬は焦った。言いながら自分でも早口で気持ち悪いなと思ったし、重かったかもしれないと不安になっていたのだ。京介が笑った理由はわからなかったけれど、自身の発言に独占欲が溢れていたのは確かだ。

「ごめん。でも気になって」

「違うんだ。笑ったりして、俺こそごめん」

ペットボトルを床に置き、京介は一瞬遠くを見た。

「冬馬が、直哉さんと同じこと言うからびっくりして」

「……え?」

「高校入る時と、採用決まって警察学校入った時。まったく同じこと聞かれた」

京介の笑みに、少しの寂しさが浮かぶ。けれどすぐにハッと息を呑み、真っ直ぐに冬馬を見た。

「悪い。今のなしだ。なんでもない」

発情期に乗じて体を重ねた時、冬馬は直哉に嫉妬したことを京介に話した。きっとそのことを覚えていたのだろう。だけど、京介が謝ることも、そんな申し訳なさそうにする必要もない。悪いのは自身を抑えられなかった冬馬なのだから。

それに、離れていた期間に冬馬なりに考えたこともあった。これから京介と一生一緒に生きていくことを決めて、その思いはより深いものになった。

「京ちゃん。謝らないで」

「え？」

「聞かせて欲しい。その話」

わずかに瞠目（どうもく）した京介の手を、冬馬は取る。手を強く握り返した京介は、言葉に詰まっている様子だった。

今までの冬馬は嫉妬心を剥き出しにして直哉の話題を避けていたのだから、京介が驚くのも無理はない。だけど、もうそんな顔をさせたくない。冬馬の隣に居ることで、直哉と共に居た時間を後ろめたく思って欲しくなかった。

「俺気付いたんだけど、俺が好きになった京ちゃんは、直哉さんのことを好きな京ちゃんなんだ。出会った時の京ちゃんがあんなに格好良くてキラキラしてたのは、きっと直哉さんのおかげなんだよな」

そう思うようになったきっかけは、京介の前から姿を消していた期間に後悔に苛まれながら執筆した小説だった。それは最初、京介の人生をなぞりながら幸せを願うという懺悔で、精神の均衡を保つために書いていたものだった。けれど執筆するうちに、京介にとっての直哉がどんなに大切な存在であるかがわかった気がしたのだ。

「実は俺、失踪中に京ちゃんの地元に行ってきたんだよね」

「……えっ？」

「何するわけでもなく歩いて、いろんな場所を見て、京ちゃんがそこでどんな風に育ったのかを想像したら、なんとなくわかったことがある」

冬馬は京介を理解しているつもりだった。けれどそれはあくまで冬馬から見た京介でしかないと、あの物語を書こうとして気付かされた。

どんな風に生きてきたのか、どんなことを考えて過ごしていたのか、京介の口から語られた思い出や、些細な言動や思考の癖、冬馬の知る京介の情報をかき集めた時に見えた景色は、想像とは全く違うものだった。理解しているつもりで、アルファである冬馬はオメガの京介の立場に立って世界を見たことがなかったのだ。

京介の気持ちに寄り添えば、直哉の存在がいかに大切であるかは一目瞭然だった。番というだけでなく、直哉は京介の一番の理解者であり唯一頼れる存在。京介を取り巻く状況から守り、形作ってきたのはずっと直哉だった。冬馬はその中で京介に出会ったに過ぎず、そんな相手に嫉妬することすらお門違い（かどちが）だったのだ。悔しいけれど、今ならわかる。直哉は京介を構築する一部だった。

「……京ちゃんにとっての直哉さんに、代わりはいない」

京介が直哉の話をする時、決まって直哉への尊敬と愛情が透けて見えていた。他県から進学してきたのも、読書好きになったのも、直哉の影響だということは明らかだった。当時はそれを感じるのが辛くて深く考えないようにしていたけれど、直哉がいたからこそ京介とあの場所で出会い、恋に落ちたのだと思う。

「だから、直哉さんのこと、これから少しずつでもいいから聞かせて欲しい。知りたいんだ。京ちゃんの大切な人だから」

あの頃の自分では理解できず、許容もできなかった。大人になった今、直哉がしてきたことの凄さを思い知って純粋に尊敬の念を抱くことができるようになった。京介が直哉から愛され、愛していた事実から、もう目を逸らしたりしない。

「……冬馬」

呆然と冬馬の話を聞いていた京介の瞳から、大粒の涙がぽろぽろととめどなく零れていく。

「直哉さんの番だった京ちゃんごと、大切にさせてください」

京介がくしゃりと表情を崩し、冬馬の肩に額を寄せる。繋いだ手はそのままに京介の頭を抱いて、その体温と匂いを感じた。

「……ありがとう、冬馬」

呟きは涙に濡れて、けれど幸福そうに響いた。

これから先、直哉のように上手にはできないだろうけれど京介の幸せを守りたい。二人で幸せになりたいと、強く思う。

「あ、でも、直哉さんの話は、できれば少しずつでお願いできると嬉しい……、んだけど」

「……へ？」

「たぶん、いや絶対、むちゃくちゃ妬く自信があるから。……ごめん、だから小出しで」

京介はきょとんと目をまるくして、それから声を上げて笑った。情けないことを言った自覚はあるが、本心だからどうしようもない。直哉の存在が自分の中で消化されたとはいえ、京介を好きで独占したいという気持ちとはまた別なのだ。

「そんな笑うなよ、京ちゃん」

「ははっ、悪い。お前かわいいなあ、冬馬」

涙声の京介に不意打ちでキスされて、直後に悪戯っ子のように笑われる。その顔も行動も可愛くて、辛抱たまらずに襲い掛かって京介の顔中にキスを贈った。ごろごろと縁側を転がってじゃれ合い、何度もキスをした。

「ところで、京ちゃん」

「なんだよ？」

　畳の上まで転がって、京介を上に乗せた状態で冬馬はまた口を開く。話はまだ、終わっていない。しかも肝心なところが。

「直哉さんの話もだけど、明日からの対策の話の続き、聞かせて」

　真面目に言ったつもりなのだが、京介はまたぽかんとしてからさっきよりも大きな笑い声を上げた。何もおかしなことは言っていないはずなのだけれど、京介のツボに入ったみたいだった。

　それから京介は機嫌よく発情期の前後に気を付けていることや、アルファの前に立つときの注意事項を話してくれた。そして、直哉が残したフェロモンの効果を抑える薬がもうすぐ臨床試験を終え、正式に認可されるらしいことも。

　薬の効果が抜群だったことを考えると、この先の京介の大きな助けになることは間違いない。敵わないなあ、と呟いた冬馬の上で京介は少し考えるような仕草を見せた。

「どうしたの、京ちゃん」

「あのな、直哉さんから聞いたの思い出したんだけど、海外の論文で結構新しいやつ」

「うん？」

「番じゃなくても、特定のアルファの匂いがついてるとオメガのフェロモンが他に効きにくくなるって研究結果があるらしい」

「えっ、匂いってどういうこと?」

「衣食住が一緒だと単純に匂いが似るってのと、なんつーか……、スキンシップが多めだとアルファのフェロモンにオメガ側が感化されてそうなるとか、なんとか。仲が良いとその傾向も強くなるんだと。まあ、番みたいに完全にってわけにはいかねえけど、多少は効果があるみてえだ」

「え、それって……、そのスキンシップって、セックスのこと?」

恥じらいながら頷いた京介に、頭の中で鐘が鳴り響いた気がした。その瞬間、開け放った窓から風と共に桜の花びらが舞い込み、ついさっき誓った理性的になろうという決心が、桜と一緒に飛んでいった。

今さら番になることに執着はないけれど、京介の危険や負担が減り、くっついていられる大義名分があるのなら、実行しない手はない。

体を反転させ畳の上に優しく京介を下ろすと、冬馬は下心満載な手付きでその頬に触れた。

「じゃあ、これからスキンシップたくさんしなきゃだ」

そう言うと、京介がまた笑う。頬が赤くて、触れた場所が熱かった。

犬にするみたいに髪を撫でられた後、そうだな、と返した京介は、やっぱり世界で一番可愛かった。

■あとがき■

初めまして、またはこんにちは。なつめ由寿子です。
このたびは「叶わぬ想いをきみに紡ぐ～非運命オメガバース～」を手に取っていただき、まことにありがとうございます！　本書は前作の「運命よりも大切なきみへ～義兄弟オメガバース～」のスピンオフ作品で、自身にとって二冊目の文庫本です。刊行することができたのは、応援してくださった皆様のおかげです。

今回のお話は前作の執筆中から頭にもやもやと浮かんできていたのですが、まさか本として書けるとは思っていませんでした。なので、冬馬の物語が書きたいと伝えた時に快諾してもらえた時は本当に嬉しかったのを鮮明に覚えています。当時の担当編集様とショコラ文庫様の懐の深さにはただただ敬服するばかりです。この作品を書かせていただけたことを幸せに思います。

そして、本書にイラストを描いてくださった緒川千世先生、素晴らしいカバーや挿絵を本当にありがとうございました。友人でありファンでもある大好きな緒川先生にイラストで花を添えてもらえて、私は本当に幸せ者です。私の拙いイメージ画から起こしてくれたラフで冬馬と京介への愛着が増し、執筆においての大きな力になりました。小説とイラストという形で一緒にお仕事ができた経験は、私にとって宝物です。

最後に、未熟者の私をここまで導いてくださった担当様、本作に携わってくださった皆様、そして応援してくれた家族や友人にお礼申し上げます。

そして本書をお手に取ってくださった皆様、改めて心より感謝を申し上げます。少しでも冬馬と京介の物語を楽しんでもらえましたら幸いです。

読んでくださり本当にありがとうございました。またいつか、どこかでお目にかかれますように。

なつめ由寿子

初出
「叶わぬ想いをきみに紡ぐ～非運命オメガバース～」書き下ろし

この本を読んでのご意見、ご感想をお寄せ下さい。
作者への手紙もお待ちしております。

あて先
〒171-0014東京都豊島区池袋2-41-6
第一シャンボールビル7階
(株)心交社　ショコラ編集部

叶わぬ想いをきみに紡ぐ
～非運命オメガバース～

2021年2月20日　第1刷

著　者:なつめ由寿子
発行者:林 高弘
発行所:株式会社　心交社
〒171-0014　東京都豊島区池袋2-41-6
第一シャンボールビル7階
(編集)03-3980-6337 (営業)03-3959-6169
http://www.chocolat_novels.com/
印刷所:図書印刷 株式会社

運命よりも大切なきみへ
～義兄弟オメガバース～

なつめ由寿子
イラスト・みずかねりょう

オメガバース史上、最高の両片想い

実の兄弟ではないが仲の良かった修司と鷹人の関係はある夜を境に変わる。初めての発情期でΩの本能に抗えず、αである鷹人と体を重ねてしまったのだ。「顔も見たくない」と鷹人は家を出るが、５年後モデルとなり誰もが目を引かれる美形に成長した鷹人と実家の喫茶店で一緒に暮らすことに。修司は過ちを繰り返さないと決意するが、強い独占欲を見せる弟との触れ合いに意識してしまう日々。そんな時、鷹人に映画出演の依頼がきて…？

聖邪の蜜月

聖邪は聖獣を育て、愛を知る——

奴隷市で売られ「神の愛し子」として聖職者に犯された過去をもつアシュは、偽聖職者として人を欺いて暮らしていた。ある日、絶滅したはずの聖獣の卵を拾い、生まれた仔にサージと名付け、育てることを選択する。純粋なサージを育てる生活のなかで彼の存在は唯一無二となる。人型にもなれるサージは美丈夫に成長した。性を知らなかったはずの思春期の彼がアシュに乗りかかり「アシュが欲しい」と迫ってきて…。

安西リカ
イラスト・yoco

エターナル・サマーレイン

ひのもとうみ
イラスト・Ciel

今更心を揺り動かされるわけがない
――そう思っていた。

テリオラ公国皇太子の隠し子である彰信は幼少期以降日本に住んでいる。ある日、父の重体を知らされ、自分を捨てた国の地を強制的に踏むことになった。彰信を呼び寄せたクロードは学生のとき甘いひと夏を過ごした忘れられない人だ。七年ぶりに再会した彼に抱き締められ、過去の日々を思い出し心が揺れてしまう。日本に帰してくれない偏屈なクロードに複雑な気持ちを抱えていたが、突然彼から口付けられて…。

愛淫の刺青

西野 花
イラスト・亜樹良のりかず

「刺青が出てるってことは、
気持ちがいいんだろう?」

ルミリア王家の秘宝の在処を示す刺青をもつ美しい青年ニナは皇太子を捜す最中、人買いに捕らえられる。盗賊ジュウドに攫われたことで危機を脱するが、刺青を完全な形で出現させる方法を話すよう迫られてしまう。刺青目当てだと理解しながらも、紳士的な男に心を開いていくニナ。しかし、自分には皇太子を捜す使命があった。脱走を企てたニナは憤ったジュウドに拘束され、快楽の熱に沈められて──。

桜屋敷総帥と三人のお嫁さんと僕

好きな人には、もうお嫁さん（男）×3がいました。

“今日、僕の好きな人が三人目の花嫁を迎える――”病弱で世間知らずな日和は引越先の隣人・桜屋敷に優しくされ恋に落ちる。でも、彼は既婚者な上に財閥総帥、つまり手の届かない所にいる人だった。諦めようとしたのに「出会ってから私の心はずっと君の上にあった」と激白され日和は混乱する。この世界には男しかいないの？　なぜ嫁たちは日和を泥棒猫扱いするどころか可愛がるわけ？　この恋は許されるの？　惑う日和に桜屋敷は…。

成瀬かの

イラスト・Ciel

アルファのオフィスに秘密の残り香

義月粧子
イラスト・kivvi

軽薄エリートアルファ×
仕事に生きる処女オメガ

悠は大企業樫原グループの常務である兄の秘書を務めている。オメガだが発情を薬で完璧に抑え、恋愛には目もくれず兄に尽くしてきた。だが常務の一人・紘隆の匂いにだけは反応してしまう。紘隆は軽薄そうに悠を誘ったかと思えば、仕事ではカリスマを発揮する掴み所のないアルファだ。惹かれる気持ちを必死で隠していた悠だが、紘隆のオフィスを訪ねた際、女を連れ込んでいた彼のフェロモンにあてられて発情してしまい――。

風俗♂（ボーイ）の溺愛トライアングル

吉川丸子

イラスト・亜樹良のりかず

新しいバイト先は、男性の、男性による、男性のための風俗店!?

大学の先輩に騙され、ゲイ向け風俗「ROSE BUD」の面接に訪れた苦学生の悠。絶対無理だと思っていたが、格好いいのに寝取られ好きな店長・寛貴にフェラしたことで男性器愛に目覚め店で働くことに。でも寛貴以上の性器に出会えず悶々としていたある日、蠱惑的な店のオーナー・晶良から指名が入る。寛貴に見られながらの晶良とのセックスは最高に気持ち良くて、悠は二人のことを考えただけで欲情するようになり…。

倦怠期は犬も食わない

夕映月子
イラスト・日塔てい

もう俺になんか興味もないんだろう？

高校教師でゲイの藤島は、六歳年下で旅行添乗員の一心と付き合って十五年。放浪癖のある一心は長く家を空けるようになり、藤島から心が離れたのか大事な連絡すらつかない。真面目すぎる藤島にとって一心の自由さは憧れで、束縛したくも別れたくもなかったが、距離を置いて考えたくて家を出て行くよう突きつける。だが一心はちっとも出て行かず、藤島の好きな料理やセックスで機嫌をとろうとしてきて……。

初恋に堕ちる

先輩の望みを叶えたら、俺のお願いをきいてくれますか？

高遠琉加
イラスト・北沢きょう

美容師の周は出張カットで訪れた病院で高校の先輩、侑一に10年ぶりに再会する。侑一が周を振ったのも趣味で撮り続ける映像も、すべては長期入院中の恋人・紗知のためだった。華やかな外見ではなく、いつも内面を見てくれる侑一に再び想いを募らせていく周。だが紗知への献身的な姿に耐えられず、距離を置こうとしていた矢先「紗知の恋人になってほしい」と理解できないお願いをされ——。